獻給柯曼妮奇

고마네치를 위하여

趙南柱（조남주）——著

簡郁璇——譯

作家的話

我從小就住在與小說中的S洞相似的地方，決定都更之後，父母因為無力負擔增加的分攤金額，不得不遷離居住長達三十年的社區。這件事使我產生各種錯綜複雜的疑問，而小說在這些問題之中有了雛型。我花費了兩年時間完成這部作品，雖然有好幾次入圍決賽，但也都僅止於此。後來，因為掌握不到修改的方向，只好將這部作品一直收藏於筆電內。

這段時間，我全然放掉了畢業之前著手進行的第一部作品，很僥倖地獲得了大獎並進入文壇，但我一直沒有發表其他小說，對於育兒和維持家計也依然生疏。儘管我費力地安撫自己做得很好、一切都會很順遂，但我仍必須承認：

「這輩子已經完蛋了……」

假設能活到平均壽命好了，但這也太早完蛋了吧！至今我都還走不到一半呢！

我陷入了低潮與茫然，但仍維持著用餐時間做飯給家人吃、在孩子的央求下陪她玩大富翁的生活，直到丈夫和女兒入睡之後，我習慣性地打開筆電寫東寫西，同時思忖著：「完蛋是一碼子事，但總不能以後就不活了吧？」

我明白了，有許多人在失敗之後仍過著充實的人生，我也得以再次取出久未觸碰的小說並再次創作。

過去我所居住的社區正在興建公寓，到了明年應該就會有人在那個地方展開全新的人生，但願離開的人、沒有離開的人和新來的人都能有好日子。雖然明白「從此過著幸福快樂的日子」這樣的結局不如童話故事簡單，但我內心依舊如此企盼。

這篇小說有許多不足之處，但感謝評審老師們找出它的優點並給予我鼓勵，同時也要向給予我第二次機會的論山市和銀杏樹出版社致謝。仔細想想，我至今都還沒澈底活上一遭，「完蛋了」這句話，就暫時先收起來吧！往後我會在寫作上努力耕耘。

二〇一六年四月

趙南柱

好評推薦

「黃山伐青年文學獎」的故鄉為論山，百濟末期的階伯將軍與五千軍隊的殉國事蹟，教導了後代關於忠節的真諦。第二屆得獎作品《獻給柯曼妮奇》運用隱喻的方式，呼應了黃山伐所象徵的意義，也就是「如何展現忠節才能超越時空」。這也就是說，忠節的真諦在於守護擁有善根之人的夢想與愛的價值。就這個層面來看，「黃山伐」至今仍是場未分出勝負的鬥爭，而《獻給柯曼妮奇》的溫暖與誠懇證明了這點，它以內在的真實性，跳脫了成長小說的窠臼。

——朴範信（小說家）

所有人都曾經歷過成長的時機點，那就像佇立在鐵道平交道般，虛無縹緲又驚險萬分。心潰堤了，希望落空了，於是帶著絕望感緊緊閉上眼睛。然而，《獻給柯曼妮奇》卻很溫暖。它為什麼能夠做到這點呢？原因就在於它用了均衡且細膩的手法來描述成長的過程，而一旁的人則將每一個細膩的瞬間都看在眼裡。立場確立之後，再次搖身化為溫暖人心的文字。這位作家不僅讓我想和她一同回顧過去，同時也想和她一起展望窗外的風景。

——金仁淑（小說家）

《獻給柯曼妮奇》是一部嘮叨囉嗦的小說，它訴說的是曾經夢想成為體操選手的高馬妮，如今成了一個三十六歲的無業遊民，不滿地嘟囔著關於自己、家人和世界的故事。不過，這些嘟囔不具任何惡意，在句子與句子之間、插曲與插曲之間，沒有對於某人的嘲弄、蔑視或幻滅，而是隱藏著對那些趕不上世界的速度、遠遠落後之人的愛，與他們站在同一陣線。也因此，我們能夠圍坐在老舊狹小的房間裡，帶著觀看某人做出連續兩次前滾翻的心情閱讀這部小說。就算撞上牆面，也只要一同拍手大笑，把對方扶起來就行了，這件事沒有必要謾罵，也毋須感到挫折，這正是得以讓我們合力搬動牆面的方法。在嫌惡與蒙羞成為日常風景的今日，這部小說以最為頑強又最具爆發力的姿態向我走來。

——李起昊（小說家）

目次

這也終將過去

人的記憶可真夠狡詐的了，就連回想起童年時期厭惡無比的貧困時，都能漾起浪漫情懷。所謂的「往事」便是如此，既然已是過往雲煙，所以可以笑談過去，可以變得寬容大度，可以包裝成回憶。可是如果有人要你重返當時，任誰都會忍不住打起寒顫。

當然，我的貧窮並未就此終結，貧窮是不會輕易結束的，至少我認識的所有窮人，不管是過去或是現在都一樣貧窮。只是很不幸的，我的家人也包含在這些人裡頭，差別僅在於有些時候更捉襟見肘，有些時候則得以稍微喘息罷了。

人的判斷力還真是輕率隨便，就連對照組不同這件事，都能誤以為是自己有了改變。真不曉得再過一些時日，記憶中的現在會成為「更窮的日子」，抑或是「比較不窮的日子」。總而言之，在未來的某一天，此時此刻也不過是「往事」罷了。

是叫做阿拉伯半島，還是叫做波斯？總之記得是在中東某處的一個國家，有一個把悲喜交加和人云亦云當成家常便飯的國王。有一天，他對眾大臣下了一道特別命令：「去打造高興時能克制喜悅之情，難過時能不被悲傷所蠶食的東西來！」真是個該死的國王。

大臣們徹夜不眠，苦思再苦思，最後將一只戒指獻給國王，而戒指上頭就刻了這樣的字句：「這也終將過去。」

最近我常常感到開心不已，這時我就會想，這也終將過去；還有，時不時覺得悲傷時，我又想，這也終將過去。

有人說自己的人生可以分成七幕，但我的人生沒有多采多姿到可以分成那麼多片段，硬是要劃分的話，大概有三幕左右吧？如果身為首爾的貧民是人生第一幕的話，如今即將展開的第二幕，大概就是當首爾郊區的庶民。

漫長又乏味的人生第一幕，那宛如怎樣都不會結束的時間也所剩無幾，只要過了今晚，我就要離開這個打從呱呱落地之後住了將近四十年的家了。

我逐一整理起行李，這個住了三十六年的家，從八歲開始使用，一次也不曾改變構造的我的房間，而記憶與祕密，也隨著每一個角落的灰塵層層堆疊。

我取出現在當成化妝檯兼收納櫃使用的所有書桌抽屜，在手指搆不著的抽屜深處，有著老是不見的黑色髮圈、髮夾、唇蜜和藍色睫毛膏。過去曾經流行過紫、藍、綠等顏色的睫毛膏，當時我下了好大的決心才入手，精心擦在我的睫毛上，但不管怎麼看都覺得很像瘀青，從此再也沒擦第二次，還以為早扔掉了呢！原來在這兒啊！不管我如何使勁扭轉，已經澈底僵硬的睫毛膏蓋子仍然文風不動。

書桌上的其中一格書櫃，擺放了一堆書背早已泛白的老舊文庫版小說，以及封面畫有長髮女人的線圈筆記本。過去曾有過毫無根據的傳聞，說那是以實際患有白血病的日本少女為雛形所畫的。還有高中時的校刊，我取出了其中一本，快速地翻閱著。灰塵彷彿香菸煙霧般驀然揚起，如今再也無法使用的兩張公車月票，飄落在書櫃之間。

書桌旁是三格收納櫃，用來收納棉被的收納櫃上方，黏著一枚如瓶蓋大小的紋身貼紙，已經有一半被摳下來了，另一半則以斑駁髒汙之姿殘留著。它是我小時候喜歡的卡通人物，是身上的黃毛猶如掃帚般的虛構動物。它叫什麼名字來著？「讓我搭乘太空船，我還想成為公主呢！趕緊聆聽我們的願望。」對了！它叫做沙仙！

是每天可以實現一次願望的沙塵妖精！當時我的願望多到數不完，但現在要是問我的願望是什麼，我好像還真答不上來，三十六歲的我，願望是……

我用力拉開了生鏽的窗框，想看一下天空，但隔壁三樓遮掩住視線，只能看到約手掌大小、呈直角三角形的縫隙。一滴淚珠滴了下來，我所能擁有的天空，能沉思與盼望的大小就這麼一丁點兒。在這個家裡頭吃下了多少米飯，撒了多少屎尿，又挨了多少次罵，真的能夠數得出來嗎？

儘管這僅是平凡人的平凡日常，沒有半點美麗，沒有半點值得回憶，但每一刻都令我感到依依不捨。

殘忍的冬日

眼前突然一亮，我覺得有什麼溫熱的液體流到了嘴唇上方。

「哦！馬妮，鼻血……」

聽到惠善的話之後，大家都睜大雙眼跑了過來。我抿了抿嘴唇，瞬間有股鹹腥味在口腔擴散開來，我用手背在人中上輕輕抹了一下，親眼確認了這件事。

是血，真的流血了。

身為這家主人的珠美，從廁所撕下衛生紙，捲成好幾圈拿了過來，粗硬的觸感和我們家用的衛生紙差不多。珠美隨便將衛生紙揉成一小團，塞進我的鼻孔內，接著狠狠地拉住我綁成馬尾的頭髮，腦袋瓜被往後一拽，我也不自覺地發出「咳！」的聲音。接著，我輕輕閉上了眼睛，鼻血順著喉頭流了下去。

一九八八年十月，我流了生平第一次的鼻血。橘紅色的陽光灑落在闔起的眼皮上，孩子們的吵鬧聲變成了細微的嗡嗡回音，離我越來越遙遠。夢，我好像在做夢，我將鼻血一次又一次咕嚕嚥了下去。

「噗，噗呵呵呵。」

某個人打破了寂靜，噗哧笑了出來。有人率先發噱，其他人也跟著咯咯笑個不停，完全沒有一個人替我擔心。

「讓首爾走向世界，讓世界走入首爾。」

腦海中浮現了當年某人的咬字與嗓音，周圍的沉寂與之後的歡呼聲，當時的我不過才九歲。儘管已過了三十年，但真的，我都還記得，這全是因為觀賞開幕式時，我這輩子首次體會到因為一個男人而心中小鹿亂撞的感覺。

他比我小一歲，身穿潔白到近乎刺眼的短袖和短褲體育服，戴著一頂讓他顯得可愛的粉色帽子，正以小碎步穿越淡綠色草坪，開啟了左右各十二道、總共二十四道肋骨門閂，闖進了我的心底。滾鐵環少年！從此我對「年下男」的渴望就這麼開始了。

當時「蘇聯」這個國家還存在，德國也尚未統一，全世界分成追求不同價值的兩個陣營，誰也不肯認同對方。舉辦莫斯科奧運時，西方國家不肯參加；輪到洛杉磯舉辦奧運時，又換東歐國家不肯賞臉。就在奧運持續只剩一半規模之際，首爾奧運迎來了歷史上最多的參賽國家、成了一場無與倫比的大賽。

一九八八年的秋天，要比夏天更熱血滾燙。

當時有不少令人印象深刻的選手，包括曾是韓國競爭對手的卡爾・劉易士和本・詹森；夢幻雙打梁英子和玄靜和；塗上形形色色的染髮劑，宛如獅鬣的髮絲飛揚，在跑道上奔馳的格里菲斯・喬伊娜；還有絕對不能遺漏的，是和我年紀相仿的舒舒諾娃和席爾維斯等體操選手。儘管在十月的某個夜晚，首爾奧運伴隨著華麗煙火秀圓滿落幕，但我們的熱情卻從未停歇。

放學後，我們到父母不在家的同學家集合，一起練習體操——如果可以稱之為體操的話。練習時，大家會脫掉裙子，換上白色緊身衣，或者脫下褲子，只剩下內褲，但不管怎麼說，內褲就是少了緊緊貼在身體上的感覺。冬天時，要是穿上了三層衛生衣褲，就先扣掉藝術分數再說，所以即便是在嚴冬，惠善也會脫掉衛生褲，只穿內褲練習體操。

惠善在大部分的遊戲中展現出過人的實力。跳繩時從來不曾踩到繩子，即使氣喘吁吁也不會被繩子絆到，就算嘴形跟著手指扭曲而變得歪斜猙獰，也不會讓手背上的石子掉下來。與其說她是天生運動神經發達，不如說她好強更為恰當，除了讀書以外，她都會發揮破釜沉舟的決心。

沒有什麼伸展操之類的，從來不曾劈過腿的我們，先是前後翻滾，轉了轉脖子，往上蹦蹦跳跳。要是覺得好像有些練過頭了，隔天必定會因為大腿緊繃痠痛而必須彎著腰走路。起初技巧最為出色的秀妍不小心傷到了脖子，中途就退出了，原本有六名成員的社區體操小組只剩下五名。我們時不時會聚在家裡最寬敞、父母忙著張羅生意而經常不在家的珠美家練習，一個星期固定有一次評量時間。

那天是期中評量的日子，我窩在珠美家主臥室的某一角，手裡拿著畫有貓咪圖案的線圈筆記本打分數。惠善則站在對面的角落，雙臂往上伸展，大口吸了一口氣。接著，她彷彿真的搖身變成體操選手似的，挺直脖子，以高傲的表情凝視一下前方，接著使勁轉動腳尖。啊！她大概是想做旋轉兩圈吧！正當我在手冊上寫下「旋轉兩圈」之際，惠善已經在轉第三圈了。雖然珠美家的主臥室很寬敞，但沒有大到可以做出這個動作，而我已經無路可退了。惠善先是撞上了牆，滾落在地面，而我的鼻梁則扎扎實實地被惠善的腳後跟踢個正著。就這樣，我流了生平第一次的鼻血。

還以為鼻骨肯定斷裂了，實際照了X光之後，發現骨頭安然無恙。媽媽把冰袋放在我腫成一大包的鼻頭上冰敷，把一年份要罵的話一口氣全罵完了。

「妳媽啊！因為沒有錢，連張結婚照都沒拍！可是妳這死丫頭，竟然拍了連保險都沒給付的照片。如果拍得漂亮，好歹也能拿來幹嘛吧！這烏漆抹黑的骨頭照片是能用在哪兒？以後就拿來當妳的遺照好啦！要拿來用，至少也要能分得出來這是啥玩意吧！誰認得出骨頭啊？就是人死了，我看連禮金都收不到，妳以後再給我繼續撒野試試看。」媽媽像把機關槍般劈哩啪啦說了一大堆，導致我沒完全聽清楚，但總之我知道是在數落我。

我無念無想地躺著，數起了天花板的四角重疊條紋，這時父親冷不防地開口：

「不是禮金，是奠儀。」

骨頭雖然好端端的，瘀青卻沒有立即就消退。媽媽要我去惠善家，向他們要求醫療費，但以孩子們玩耍時受傷為由，來要求醫療費，就連年幼的我也知道這不符合常識。媽媽大概也心知肚明，所以才無法親自去追討這筆費用。

有一次我們在市場巷子碰到惠善一家人，媽媽像是要抑制內心的怒火般緊緊握住我的手，不停打著哆嗦，可是卻一句話也沒有說。惠善的媽媽好像連我受傷的事都不知情，反倒一雙大眼睛瞪得圓圓的，用食指輕輕按壓我的鼻子和額頭，問我發生了什麼事。

瘀青從紫色變成紅色，接著變成淡綠色、黃色，過沒多久便消失不見了。

受傷之後，練習也沒有因此中斷。雖然說好連續轉三圈要扣分，但惠善那足以繞地球三圈的熱情依然蠢蠢欲動，不斷在等待機會。因為沒有適合用來表演的球，惠善不知從哪兒弄來了一顆手球，球的大小適中，我們的手掌恰好可以握住。先試著在地板上拍打看看，發現它不僅結實有分量，也很有彈性。一種不祥的預感猶如晴天霹靂般劈下，我總覺得這顆球會招來什麼不好的事。

果不其然，惠善打破了珠美家主臥室的日光燈。並不是因為球從地面彈起來，也不是因為漏接了球。惠善先是將球朝著天花板使勁一扔，接著身子朝前方滾了一圈，而球就在準確砸到日光燈之後掉落，跟在惠善的屁股後面滾啊滾。搖搖欲墜的日光燈，最後「咚」地一聲掉落地面，砸成了碎片。這一次，我們被珠美的媽媽罵了一頓，明明是惠善打破了日光燈，但所有人都一起挨了罵。

挨完罵後，在回家的路上，我忍不住說起氣話。

「也許妳運動神經好，但妳好像都抓不準距離。」

「其實我小時候得過很嚴重的感冒，從那之後耳朵就有問題了。」

見我露出一副不解的神情，惠善有些不耐煩地停下來說明。

「妳不知道耳朵內有個器官可以判斷距離嗎？小時候如果得了很嚴重的感冒，就會有那個什麼，對了，鼻竇炎！我的意思就是，因為患了鼻竇炎，所以耳朵出了問題。這個祕密我只跟妳說喔！其實我現在右邊的耳朵也聽不到。」

「嗯……真的喔？」

我頓時覺得有些抱歉。我敢發誓，絕對不是為了測試惠善，而是真的覺得很抱歉。所以才會用連自己都聽不太清楚，甚至感覺好像只是在腦海中思索般，非常小聲的音量反問，而惠善馬上就回答了。

「嗯，聽不到。」

我站在惠善的右手邊，心想著當時惠善應該是患了中耳炎，她應該是想表達自己因此傷到了半規管，所以失去了平衡感。雖然我是不太清楚如果中耳炎太過嚴重，是否平衡感會有問題，但我很確定鼻竇炎和能不能判斷距離一點關係也沒有。再說了，惠善的右邊耳朵好像聽得非常清楚。

帶球表演被禁止了。隔週，惠善用塑膠繩代替緞帶，在轉動棒子時劃傷了珠美的臉，珠美白皙的臉蛋上頓時出現了宛如貓爪撓抓般又長又深的疤痕，於是緞帶也被禁止了。

再隔一週，惠善在房間裡丟呼拉圈，弄斷了珠美家的香龍血樹。珠美的媽媽很公平地各抽打了我們的背部兩下，把我們罵飽之後，將我們趕出門外。其他人的家都不如珠美家寬敞，我們卻再也無法在珠美家練習了。

之後我們主要在學校後庭練習，當時風已經非常強勁，我們都穿上了厚厚的外套。不管做出的側手翻有多麼成功俐落，樣子看起來卻一點都不帥氣，不是零錢從口袋嘩啦撒出來，不然就是整張臉被外套的帽子或圍巾纏繞住，樣子變得很搞笑。因為碎石和尖刺等會插進手掌心，所以還得戴上手套。

「我受不了了。」

有一天，惠善一面再次撿起從口袋裡掉出的零錢，一面委屈地說道，珠美突然放聲大哭。當時我才九歲，仔細回想，那一年的冬天真是寒冷刺骨。

差點就坐過站了。什麼都不想，什麼都不做，這件事要比想像中困難多了。只要有什麼東西在眼前一閃而逝，一雙眼睛就會不由自主地跟著轉動，即便是非常細微的聲音，也會出自本能地豎起耳朵。越是要自己什麼都別想，腦袋裡就應該有「什麼都別想、什麼都別想」的念頭打轉才對，但我卻真的陷入了「腦袋空白」的狀態。

搭乘地鐵的時候，我從頭到尾都坐在那裡發呆。

直到搭乘手扶梯並走出地鐵站之後，我才從背包中拿出 MP3 Player。這個呈三角柱狀的 MP3 Player 已有十年歷史，它是我大學畢業之後，以實習生的美名在知名連鎖餐廳遭到剝削，在只能稱為幽靈公司的辦公室賺取微薄薪水，而且也不知道自己做的是什麼工作。之後又在各種兼職工作輾轉來去，最後在正式錄取的第一間公司——是個規模小得可憐，而社規這種玩意是初次聽說，福利制度猶如另一個世界的產物，勉強符合老闆、員工、書桌這三大職場基本條件的地方——領到第一份薪水後所買下的東西。這也是買給自己的一份小禮物，慶祝自己熬過了艱辛的青春與為期不短的徬徨時期……，才怪，我只是覺得上下班途中很痛苦無聊，想聽一點音樂才買的。

宋代理是幾年前以資深社員資格進入公司的員工，當他看到我的 MP3 Player 之後，忍不住哇哈哈哈哈大笑出聲。「哇、哈、哈、哈、哈！」他真的是這麼笑的。

「最近還有人用這種東西啊?哇塞，高代理，它能充電嗎？」

「放一顆電池就行了。」

接著，宋代理突然從口袋中取出智慧型手機，播放音樂給我聽。所以是想怎樣？戴著和歌手趙英男一樣的角框眼鏡的宋代理，將領帶繞兩圈後打上厚厚領結的宋代理，午餐過後不清潔牙齒，只會嚼口香糖的宋代理！

就算職稱同樣是代理，但嚴格來說，我好歹在這間公司裡也算是個前輩好嗎？你去上完廁所之後，連手都沒洗就抓生菜包飯來吃的樣子，我都看見了。這骯髒的傢伙！隨地吐痰的噁心鬼！

但我卻一句話也沒說出口，當晚上準備躺下就寢時，肯定又會想起這件事吧？八成會一面踢著棉被，一面喊著自己好委屈吧？為什麼我沒有當場回嘴呢？宋代理是個很無禮、說話不經大腦的類型，但唯獨對我特別嚴重。我甚至看著鏡子做了練習，要是他再敢口不擇言，就要好好回他個痛快！但是每次看到宋代理不斷挖苦，講到嘴角全是唾沫的時候，我仍只感到一陣噁心、全身僵硬，這都要怪他那該死的唾沫。宋代理有個習慣，就是在年輕女人面前，會將嘴唇抿成長長的一條線，然後用大拇指和食指緩緩揩拭嘴角。當然，他不會在我面前做這個動作，這個混球！

雖然在建築公司工作了十年，但我對建築或設計一無所知。我隸屬於總務組，如果有人拿了收據過來，我就會支付金額，或者是我把款項付給別人，再領回一張收據。月薪每個月會按時存入，而我會確認該進來的款項是否如實匯入，再向老闆報告。偶爾聽說市面上有不錯的土地，還會替老闆到現場勘查，認真地拍下照片，將需要的資料拿回來。起初還以為是和公司業務有關的土地，後來才曉得是老闆的個人投資，聽說老闆還靠那塊土地賺了不少錢呢！

總務組一直都是兩名員工，七年前，比我年長的姊姊，也就是金代理，在結婚時辭掉了工作，而原先是「高小姐」的我成了「高代理」。另外，又招募了一位「金小姐」。要是哪一天我結婚生子了，也該辭掉這份工作嗎？在金代理離開、後輩進來之後，我曾經擔心了不少事，現在回想起來，那些擔憂還真是多餘。

我沒有結婚，不是因為我不結，而是真的結不了婚。我曾有過結婚的念頭，但除了公司見到的七名有婦之夫，以及四名沒有對象但全身上下都可以看出何以沒有對象的老光棍之外，我根本沒有邂逅男人的機會。

從此以後，我一直是「高代理」，但不幸的是，金小姐也一直是「金小姐」。在經歷兩次春天之後，金小姐開始吐露自己對「金小姐」這個稱謂的不滿。

「姊姊，在這裡只要當上一天的金小姐，就必須當上十年、百年嗎？現在我連去見客戶時都覺得好丟臉，見到客人時也很難為情，姊姊妳不會嗎？」

我對此沒什麼意見，因為再怎麼說我也是個代理。也許這是心理作用使然，但我總覺得金小姐的話是針對我說的。金小姐也知道，在先前的金代理姊姊離職去生孩子之後，我才得以升遷變成代理。她好像是在聚餐時聽說的，自此之後，金小姐對我不耐煩的狀況也漸趨頻繁。當然，這也只是我個人的觀感。

儘管如此，我並沒有撒手不管這件事，甚至還詢問過老闆，能不能讓我當「高科長」，讓「金小姐」變成「金代理」，薪水沒有調漲也無所謂，但好歹考慮到員工的士氣或工作效率，讓我們有升遷機會。

「嗯！好，高代理，就這麼辦吧！對了，妳幫我叫金小姐進來一下。」

話可說得真好聽，結果金小姐在去年秋天結婚了，同時也辭掉了工作。接著，「宋小姐」進了公司，而我依然是「高代理」。相同的座位上，換過了金小姐、李小姐、朴小姐、崔小姐等無數個某某小姐，而我則是歷經千年、萬年依舊長青的高代理。我覺得很委屈，但是更委屈的是我被解僱了。二〇一五年的冬天，我怎樣也忘不了這殘忍的季節。

我在這條陡峭的道路爬上爬下超過三十年，而這條路在半個甲子的歲月裡，變化了大約有一百三十次。先是拓寬之後又變狹窄，接著再度拓寬，而房子也是蓋了又拆，接著又再次興建。樹木被連根拔起之後，設置了欄杆，電線桿逐漸增加，上頭掛了更多的線路。但唯有一項事實始終不變，那就是即便我的個子長高、步伐加大，這條路對我來說依舊漫長而艱辛。

在首爾排名前五大的貧困社區，青少年逃家率最高、高中升學率最低，還有雖然沒有統計過，但晚餐飯桌上的小菜種類、每人擁有的鞋子數量和居民洗澡次數顯然也最少的首爾代表性「月亮村」〔註1〕，S洞〔註2〕就是我的家。我出生於S洞，在這裡住了一輩子。

過去有為數不少的「月亮村」，舍堂洞、上溪洞、敦岩洞、桃園洞、典農洞、奉天洞……還有我所居住的S洞。一洞、二洞、三洞，劃分得越多就表示越貧窮潦倒。我們家位於七洞，但我不想說是七洞，所以就告訴他人是在S洞。為什麼要那樣說呢？反正說是S洞，大家也就懂了。

那是個會出現於電視劇《一個屋簷下住有三戶人家》的社區，每個巷弄擠滿了平房或兩層樓的住宅，每戶人家都和鄰居緊挨著，打開主臥室的窗戶就能看見鄰居

〔註1〕：月亮村指的是位於山坡等高處的貧民區。

〔註2〕：「洞」為行政區域之一，類似臺灣的「里」。

的門，打開鄰居的門就會看見通往樓上那戶的階梯。只要有一戶人家在做飯，香氣就會從窗戶竄入。到了晚上，孩子們會在能將首爾夜景盡收眼底的空地上集合，在黑漆漆的狀態下玩跳繩或踢球，大人們則會拿出西瓜和煎餅之類的東西，坐在涼蓆上分著吃。大夥是如此親暱，對彼此瞭若指掌，時時刻刻擔憂、干涉彼此，在吵吵鬧鬧中生活著。

在社區的入口，有一棟比我年紀還大的S大樓，惠善一家人就住在裡面。小時候，S大樓是S洞內獨一無二的公寓，是這一帶孩子們的夢想，這全是因為S大樓有遊樂場的緣故。但其實遊樂器材也就只有兩個鞦韆、三個翹翹板和一個溜滑梯。運氣好的孩子可以盪鞦韆，大部分的孩子則三三兩兩在寬敞的沙地上玩挖山洞和扮家家酒。如果想要玩到僅有兩個的鞦韆，就必須永無止盡地排隊，但要是擔心有人插隊而靠得太近的話，最後可能會被鞦韆板撞到額頭。惠善也曾經因為不肯將鞦韆讓給別人，持續憋著不去上廁所，最後尿濕了褲子。

有一天，和山坡社區相連的S大樓後門被鎖上，掛上了「禁止外部人士出入」的木牌，原因在於非大樓居民經常穿越公寓到公車站。就在媽去了娘家一趟回來，一如往常下了公車並打算抄公寓的小路回家時，才發現後門上鎖的事。在那個如蒸籠般酷熱、有好幾名住在木板隔間的老人家被救護車載走的盛夏，媽不得不再次走回公寓正門，繞了一大圈才總算回到家。她揮汗如雨，如一座活火山般大發雷霆。

「這些傢伙竟敢把路擋住？我們身上是有什麼傳染病嗎？還是會在公寓拉屎？路就是要給人走的啊！不然要做什麼用？要是那些人敢跑來我們社區，看我不把他們的腿打斷才怪！」

為了這條路，有段時間公寓的居民和山坡社區的人陷入了冷戰。市場內的商人嚷嚷著不把東西賣給住在公寓的人，雙方起了衝突，還有一位喝醉酒的大叔在大半夜撬壞鎖頭，被押去了警察局。也沒有人指使或吩咐，山坡社區的孩子就隨便朝公寓內扔水果袋、口香糖和吃過的糖果之類的。大人們失去了捷徑，孩子們則失去了遊樂場。

就這樣過了好幾個月，鎖頭在某個時刻悄悄地打開了，但是孩子們再也不去公寓的遊樂場，大人們也很少走公寓的小路了。出生在月亮村，從小就和處境相似的孩子打打鬧鬧的我，在此之前完全不曉得何謂富有與貧困，而那樣的我，第一次感受到「貧窮」的滋味。

信不信由你，不過聽說S大樓的興建是有特別原因的。七〇年代初，總統在首爾各地巡視時，發現這個社區骯髒得要命，居民也看起來邋裡邋遢，因此下令在入口興建公寓，好將這幅景象給遮掩住。接著，五樓的公寓便以光速興建完成了。

Ｓ洞的地標，遮住汙穢月亮村的Ｓ大樓，在經過數十年的光陰後成了凶宅。到了晚上，觸目皆是用水泥填補裂痕的痕跡，甚至令人感到毛骨悚然，要是仔細一看，還會發現建築物有些微傾斜。早在很久之前，Ｓ大樓就被判定為危險建築了，居民卻紛紛發出噓聲，示意別走漏風聲。

去年夏天，有部電影還跑來Ｓ大樓拍攝。那是一部以在老舊公寓發生的幼童連鎖失蹤事件為題材的恐怖電影。平常總是安靜無聲的公寓，頓時變得熙熙攘攘，社區居民對前所未見的攝影器材和大型車輛感到很神奇，所以每天都會跑去圍觀湊熱鬧，尤其是媽，幾乎等於住在片場。我也時不時會跑去。

電影過了一年才上映。在某個莫名不想回家的週五晚上，我一個人在公司附近吃完飯後，自己去看了電影。觀眾並不多，空調的風有股陰森感。第一個畫面是Ｓ大樓的全景，沒有任何配樂或音效，畫面上停留在白天靜謐的公寓好一會兒，然後某一戶人家的窗戶猛然被打開，觀眾席之間發出了低沉的驚呼聲。噢！光是這樣就覺得恐怖極了。

看到迄今自己仍不時會走動的夾在建築物之間的小路，兒時嬉戲的遊樂場，隨意被拉起的老舊窗框，和敞開的窗戶內飄揚的待洗衣物，變成恐怖電影的其中一個畫面，我真不曉得該如何說明這種心情。犯人是一名孩子的鬼魂，他在被誘拐之後慘遭殺害，被埋在這棟公寓的空屋牆壁裡。鬼魂之所以不願讓朋友們離開，只是因為感到無聊。經過幾番波折，原本失蹤的孩子們平安無事歸來，鬼魂則獨自留在空屋內哭泣。真不曉得眼淚為什麼會流個不停，直到片尾播完，音樂結束，燈光全數亮起之前，我仍難以抑制心中的情感，哭得無法自已。

那一天，我並沒有穿過公寓走回家。S大樓的大部分居民都已經遷離，即便到了晚上，黑漆漆的住家也比亮著的更多，惠善一家人早在幾年前就搬走了，牆壁的龜裂看起來格外幽深。

父親將臉朝向另一頭側躺著，媽在一旁看公寓的傳單。父親發出了低沉而規律的打呼聲，媽拉起了棉被，蓋住了父親的腦袋。

「七早八早的，吵死人了，腦袋嗡嗡作響。」

「父親好像很早就回來了？」

「最近還不都這樣。」

為了存活下來，父親的水果店歷經多次變化，先是變成蔬果店，接著轉型為蔬果和生活用品店，後來又賣起蔬果、生活用品和鯛魚燒，但最後仍無法擺脫關門大吉的命運。市場入口開了一家可以按照消費金額累積貼紙的小型綜合超市，後來規模擴大為可以用會員卡累積點數的超市，我們家的水果店也就更難經營下去了。再後來，隨著一家只要搭乘社區巴士十分鐘就可以抵達的大型超市進駐，包含我們家水果店在內，整個市場和市場前的超市都受到了核彈級的衝擊。

打從聽說大型超市要進駐的消息傳開，市場超市的老闆就成天拜訪商家公會和鄰近的商人，甚至組成了對策委員會。他說，大型超市進來之後會壟斷整個商圈，要求大家一起到總公司示威抗議，甚至跑來我們家，畢恭畢敬地朝著父親喊「老闆、老闆」，試著想說服父親。

「這件事攸關老闆您一家子的生存權，還有您的自尊啊！您總得工作到女兒出嫁為止吧？」

父親雖然點頭連聲說是，用雙手接下了傳單，但等到市場超市老闆轉身離開，便暗自低聲嘟囔著：

「真是黃鼠狼給雞拜年，也不想想看，我是因為誰才落到現在這個田地，混帳東西！」

「您要參加示威嗎？」

「我瘋了不成？」

父親真的瘋了，他不但去參加抗議示威，還足足去了四次。儘管如此，大型超市仍在幾個月後立起了巨大的充氣宣傳人偶，開張當天盛況空前，生意也日漸興隆，而市場超市最後也只能黯然結束營業。

我們家則澈底轉型為小吃店，起初生意要比開水果店時要改善一些，但很快便創下更嚴重的赤字紀錄，原因就在於地鐵站入口開了三家販賣一千圓海苔飯捲的連鎖小吃店，而且不久後，連二十四小時的辣炒年糕店都進駐了。當時父親還整個人在狀況外，一副悠哉悠哉的樣子。

「怎麼老是開海苔飯捲店啊？以為整個社區的人每天只吃海苔飯捲度日嗎？再說了，誰會在大半夜買辣炒年糕吃啊？我敢保證，他們撐不過三個月就會完蛋，全部都會關門大吉！」

可是，海苔飯捲店的生意好到必須排隊，而且大家半夜也會買辣炒年糕來吃，看起來會完蛋的反倒是我們。如今父親已熟能生巧，面對眼前無力挽回的局勢，既沒有大感失望，也沒有對此動怒。他辭退了聘來的幾名大嬸，舉凡捲海苔飯捲、切豬血腸和炒年糕都親力親為。在經過一番思索之後，乾脆將目標顧客鎖定為學生族群，在店門口掛上了年糕炒泡麵和迷你海苔飯捲等價格低廉的菜單，甚至設置了一臺冰沙機器。孩子們的錢看似好賺，但這光景也僅是稍縱即逝，雪上加霜的是，隨著二樓的補習班關門之後，學生們也不再上門了。

父親關店的時間越來越早，回家的時間越來越早，就寢的時間也越來越早。幸虧那時候還有我靠工作賺來的薪水，要是連那一丁點的薪水都沒有，我們家三口就真的要餓死了。

媽將幾張傳單推到我眼前，傳單上的公寓十分華麗，天空的色澤高深莫測，就算有口中銜著如意珠的龍騰空翱翔在被暮色渲染的雲朵之上，也不會讓人感到突兀。先不說那些矗立在寬廣的青綠色草坪上並散發鹵素燈光的建築，但低矮的後山和環繞社區潺潺流動的小溪又是怎麼回事？看來不只要蓋公寓，而且還要造山和挖水道是吧？簡直就跟曼哈頓沒什麼兩樣。老實說，我沒去過美國，甚至沒有護照。

「哪一個看起來比較好？」

「意思是要在這裡蓋這些公寓嗎？」

「意思是如果居民決定好要住哪一棟，那家公司就會負責建設，每個建商都吵著說要由他們蓋公寓。」

「之前不是也這麼說嗎？一下說要都更，一下說要造新市鎮，到最後還不是都不了了之。」

「這次是真的。」

「嗯哼！」剛才還打著呼的父親收起了棉被，很大聲地清了清喉嚨，聲音拖得又長又久。

「越過星光燦爛的那座橋，走過微風吹拂的蘆葦叢，無論何時、無論何時，有你的公寓總等待著我……」

這是父親的拿手歌曲，即便在我最為遙遠的記憶中，父親也在哼唱這首歌。父親小心翼翼地站在老舊的飯桌上，雙臂向上打直，鬆垮背心往上拉起，露出了圓滾滾的大肚腩。他一面熟練地將新的日光燈泡嵌入燻黑的插座上，一面高歌著「忘不了～無法停留而選擇離去的你～」替我摺紙飛機、在店裡搬水果箱、捲海苔飯捲、喝酒時，父親都會唱這首歌。

到了父親休息的日子，卡帶轉動時喀噠喀噠聲比音樂更大聲的老舊收音機中，就會整天傳出歌手尹秀一的歌聲。很多人並不曉得歌謠《公寓》被設計成門鈴聲，「叮咚叮咚，叮咚叮咚叮咚叮咚叮咚」，先是兩次的門鈴聲，稍後是急促的五次門鈴聲，再來就是那首歌知名的「磅磅磅叭啦叭叭磅」旋律。

對我來說，《公寓》就代表著「門鈴」。當時我們家有安裝門鈴嗎？大門敞開比關上的時候更多，就算關上了也幾乎不會上鎖。鄰居的大嬸在呼喊「馬妮的媽」的同時，就會自行開門走入，郵差大叔或統長〔註3〕大嬸則會禮貌性地敲敲門，問一聲「有人在嗎？」總之，沒有半個人會按門鈴。

住在公寓的人會裝模作樣地說一聲「叮咚」，輕聲細語地來告知自己的來訪。嗯，該怎麼說呢？對了，有教養！小時候的我感覺就是如此，住在公寓裡的人很有教養，現在則是覺得「哼！教養全是狗屁，還不就是有幾個臭錢罷了。」

最早開始講公寓的事是在二十年前，當時全國各地都在進行都更，而我們社區也理所當然地被選為都更的對象。媽對於改變本身感到很畏懼，父親的內心無從得

〔註3〕：如同臺灣的里有里長，「洞」的行政首長則為「統長」。

知，我則是天馬行空地想著，施工時是否要住在外公外婆家。各種傳聞滿天飛，但也不是馬上就要賣地或者拆屋，煮熟的鴨子還沒到手，大家卻直喊著燙。

就在這時，媽不知從哪兒聽到「一旦進行都更，就會給每戶人家一棟公寓」的消息，雖然不能說是錯誤的，但也無法全盤相信，媽卻像馬上要用推土機剷平整個社區般激動不已。

首先需要有一個都更公會，但成立之前，又必須有一個公會成立促進委員會。也不知究竟是要組織公會或是促進委員會，又或者是要擔任委員，總之老是有人拿著同意書過來要我們蓋章。於是媽就從化妝檯深處取出父親的印鑑，大手一揮，豪氣地蓋下印章，與其說是同意，不如說媽是愛上了蓋章的感覺。

過沒多久，山坡入口的電線桿上，貼上了祝賀都更的橫幅標語，在招牌上添加「都更」和「新市鎮」等詞語的房仲，也接二連三出現。聽說工程已獲得核准，接下來就要決定承包廠商了，可是，進度就在這兒停擺了。先是說已經核准了，後來說沒有，又說已經差不多了，最後則隨著國會議員的選舉再次停擺。

宣傳造勢的場子全圍繞在都更、新市鎮和公寓上頭，而居民的標準只有一項，就是誰能最快將公寓建好。但就憑這麼簡單明瞭的一項標準，居民也無法輕易做出判斷，因為每位候選人都信誓旦旦的表示，會在最快的時間內完成地區居民夢寐以求的都更工程。

有候選人強調自己和市長隸屬同一個黨派，也有私交，要大家相信他；也有人自信滿滿地表示過去有地方選區的相關經驗，還有強調自己是當地出身，和居民一樣在苦等都更的候選人。總之既然其中有一人當選，公寓也理當一棟接著一棟興建才是，但結果卻不是這樣。經濟不景氣，房地產市場低迷，工程分擔金額攀升，預期收益則是每況愈下。

每當事情翻盤一次，媽對於公寓的渴望就更加張牙舞爪，其實大部分社區居民都是如此。但這豈能怪媽不懂人情世故，還有同住在這個貧困社區的人呢？這並不是投機事業或虛榮心作祟，媽也沒有想成為數著大把鈔票的包租婆。雖然聽說六、七〇年代馬粥街的農民瞬間躋身甲富之列，但大家都曉得，不可能再有都更帶來鉅款入袋的好事。

他們並不是想要成為有錢人，只是希望能在乾淨整潔的家中住上一輩子，而「公寓」這個名字最接近那種房子，也最容易達成。對這個社區的人來說，「公寓」就等於隨時都有水流出、夏天不會發霉、冬天水管不會爆掉的房子。路面平整，有孩子可以安全跑跳的遊樂場，逢年過節時有停車場讓回家的子女停放，晚上有警衛大叔拿著手電筒巡視每條巷子的那種公寓。

父親乾脆整個人坐了起來。

「啊！我、我回來了！」

聽到我遲來的問候，父親一言不發地搖了搖手。這是表示他知道了、不必說了，還是不想聽的意思？他好像想說什麼，但只是撐大鼻孔，大口吸了一口氣，接著將那口氣吐出，再次轉身躺下。媽惡狠狠地瞪著父親，眼球的血絲好像馬上就會爆裂似的。每次只要一講到公寓的事情，父親就會潑媽一桶冷水，要她不懂就別插手，這讓媽感到很不爽。

「明明事情就進行得這麼順利，幹嘛要講這種酸溜溜的話？這人根本就是一罐白醋，是醋酸！」

我替看媽臉色、心情不悅的父親說了一句。

「好像不是無條件會給。媽，妳想想看，我們家畢竟只有十坪，可是妳看黃大嬸他們家超過三十坪了，有些人的家裡是三層樓，總不可能給每一戶人家相同大小的公寓吧？」

「當然會給黃家人和三層樓的人家更大的房子，反正那是蓋房子的人要煩惱的事。啊！我喜歡這個，旁邊還有公園耶！」

媽，人家說圖片僅供參考，可能和實際狀況有差異，為什麼這種重要的訊息老是用芝麻般大小的字體寫呢？

雖然不曉得戰鬥機是從哪兒經過，但聽說這個社區有高度限制，所以建築物的樓層數有一定限制。也就是說，不管選了多了不起的建設公司，公寓終究也不能想蓋多高就蓋多高。可是，說要搬進公寓的人，卻如南海竹網內的小魚般躁動不已。這個社區連一丁點可供嬉戲的土地都沒有，不到二十坪的狹小住宅摩肩擦踵，居住在近期建造的多世代住宅和聯合住宅內的戶數多到不可勝數。儘管如此，利潤也會被精打細算的建設公司和公會幹部瓜分吧！分擔的金額是一筆龐大的數目，可憐的社區居民可能下一刻就會淪落街頭。

我無法開口提今天被公司解雇的事。媽身上的老舊紫色衛生衣起了黑紅色毛球，從針織衫的袖口露了出來，這麼早就開始穿起衛生衣了啊！媽，眼前如何生存才是問題，而不是公寓這種細枝末節的小事。身為家中唯一有收入的我該如何開口呢？啊！對了，父親也算有在賺錢。

我好像明白了，為什麼丟了飯碗的家長，會每天穿著西裝出門，為什麼會在公園、在山上和著淚水吞下已經結冰的海苔飯捲。我大概也會在明天早上七點半準時出門吧！儘管如此，我不會在海苔飯捲專賣店買海苔飯捲。相較於無法向父母吐露我的委屈，並獲得他們帶著真心的安慰，不必工作之後仍無法賴床的事實更令我難過。我在早晨時很容易犯睏，再加上我有低血壓，所以早上真的一點力氣都沒有。不如就說我生病請假，然後在家睡個過癮？那後天要用什麼藉口搪塞？

假如當時繼續練體操的話……

我將棉被蓋到頭頂上，躺著想這種沒營養的事。

八八年的冬天，在社區體操小組解散之後，我仍繼續學習體操。這全是媽的功勞，當時父親也潑了一桶媲美嚴冬溪流的冰水，要媽不懂就別插手，但媽不願放棄，還有跟媽一樣一知半解的我，也無法就此罷手。

其他孩子比我更有實力，若以熱情來看，我連惠善的腳後跟都不及。可是在淚流滿面的最後一次練習之後，大家的態度有了一百八十度的轉變，反倒還說當時的我們很滑稽可笑，嘻嘻哈哈地模仿彼此的動作。我無法理解，那個滾燙無比的秋天、充滿淚水的冬天，怎會瞬間變成了笑柄？大家都譏笑無法從這股狂熱走出的我。

「我們做的真的是韻律體操嗎？才不是！我們連束施效顰都稱不上。」

「妳的腿可以前後劈開嗎？往兩側呢？腰彎時指尖碰得到地面嗎？妳連這個都做不到嘛！」

「不是說妳做得不好，我們全部都是，我們根本沒指望。」

在學校後庭進行最後一次體操練習時，我比任何人都要沉著冷靜，可是那天我不怎麼大的雙眼猶如結凍爆開的水管般，噴出兩道淚泉。我越想越覺得委屈，淚水和鼻水雙管齊下，放聲哭喊：

「那，嗚……那之前，嗚……我們做的，嗚嗚……那些都算什麼？嗚嗚嗚……你們，怎麼可以這麼輕易就拋棄夢想？」

原本一言不發地看著我的惠善說：

「那妳就繼續做吧！沒人攔妳。」

自從那天之後，我好像就和朋友們疏遠了。我埋怨那些冷漠無情的朋友，甚至有時會刻意避開，朋友們也說我不正常，離我遠遠的。最重要的是，翌年我十歲，開始正式學習韻律體操，忙得沒有時間和朋友們玩耍。現在回想起來，大家在進了不同的國中、高中後自然疏遠，所以也沒什麼好惋惜的。總之，意思就是大家終究都會漸行漸遠。

在各種逆境與周圍不友善的目光下，我仍堅毅地開始學習韻律體操，然後宛如希臘神話的主角般，悲劇性地中斷了體操。假如當時我挺身對抗命運，持續精進體操，搞不好我會在這片體操的不毛之地上，成為就連申秀智和孫延在都要退讓三分的體操精靈呢！我會進入理想大學，賺超多的錢，老早就搬進公寓，到了現在這個年紀，大概已成為一名培育後進的教練了。

但就算成為體操教練，明天還是必須一大早就起床。這大概是唯一能安慰自己的事了。

我說，我想練體操

根據父親的說法，媽是個有根螺絲釘稍微鬆脫的人。在數百根螺絲釘之中唯獨一根，不是完全脫落了，只是沒有牢實拴緊。好像哪裡不太平衡，但又能正常站立，如果試著去搖晃它，就會聽見喀嗟喀嗟聲，卻無法得知是從哪兒發出來的聲音。要是啟動它，雖然會微微顫抖，但又能毫無問題地順利運轉的那種人。小時候還真不曉得，但越大就越覺得父親真是個深具智慧的人。

媽是我們班上最年輕的媽媽，和我也很聊得來，媽媽是我最要好的朋友，曾經是。從小我會把聽到的、看到的、體驗到的所有事，都鉅細靡遺地向媽媽報告，媽媽也總耐心傾聽我的大小事。

那時我很討厭父親，不管我說什麼，父親都不會聽，就算聽了也不會有任何回應，讓人覺得很受不了。父親休假的時候，只會面向牆壁躺在床上睡覺，對我來說，父親不過是毫無回應的巨大背部罷了。媽為什麼會和父親結婚呢？每當我問起，媽就會露出落寞的眼神看著前方回答：

「妳外公每次也都這樣講，說我腦子又不是特別差……」

按照媽的說法，外公每講一句話，後頭都會加一句「少根筋的丫頭」。雖然聽了覺得很討厭，但媽認為外公是捨不得將珍貴的女兒嫁給一個窮小子，所以才藉此出氣。

雖然稱不上是富甲一方，但媽的娘家經濟還算寬裕。在媽還很小的時候，外公就經營了一家米店，賺進了不少錢。媽就是出生在這種家庭的獨生女，是整個村子裡唯一會穿連身洋裝的孩子。不僅在那個年代學習了鋼琴，外公還聘請家庭教師替她補習，甚至還有私家車和司機。儘管如此，媽不只鋼琴彈得不好，書也讀得不好，到了國中還經常找不到家，之所以僱用司機便是因為這樣。聽說外公經常盤腿坐著，一面左右搖晃著身體，一面喃喃自語：

「遲早會因為那丫頭散盡家財吧？如果不是只有一丁點不足，而是腦袋完全秀逗的話，我早就放棄了。但即便只有這一丁點不足，也能讓人變得一無所有……那個少根筋的丫頭啊！」

媽沒有回答，只是點點頭同意外公的意見。從能夠體認到現實這點看來，媽很正常，只不過她所體認到的現實是「自己的不足」。雖然媽並不正常，但不正常的媽說自己不正常的說法也不能照單全收，所以也許不正常的媽媽並沒有真的不正常。這好像是什麼腦筋急轉彎會出現的問題，就像「如果身穿綠衣的人說『穿綠色衣服的人在說謊』，那麼他是否真的在說謊呢？」之類的。

其實媽整個人沒有什麼太大的問題，只是會像病情發作般，偶爾會有那麼一次螺絲釘鬆脫的時候。雖然不至於對日常生活帶來障礙，但總之媽會做出令人無法理解的舉動，尤其是在陌生的場合時，媽經常心不在焉。

那是在我小學六年級的時候，有一次和媽媽外出，不小心錯過了應該下車的公車站。因為坐過頭五、六個站左右，所以我提議到馬路對面的公車站搭同一線公車回去。媽媽也知道我們已經坐過頭不少站，對面車道有我們應該搭乘的公車朝著正確的方向奔馳，身上也有足夠的車資，可是媽媽卻說要走回去。無論我怎麼說明，媽媽仍堅持說搭公車可能會回不了家。我們在斑馬線前面大聲吵架，最後我牽著媽媽的手，走了約莫四十分鐘才回到家。

在外公的眼中，媽「最少根筋的行為」莫過於遇見了父親。據說外公為了將媽培育成一個平凡的孩子，耗費了非常多的力氣。很奇怪的是，媽比其他孩子更晚開口說話，學走路比別人晚，脫離尿布期的時間點也比別人晚，後來連書也念不好。外公必須連哄帶騙，才能讓媽乖乖念書。多虧了外公的苦心栽培，媽才好不容易考上首爾近郊的專門大學。

當時，鮮少有父母會送不會讀書的女兒到遙遠的大學求學，左鄰右舍都嘲笑說這是徒勞無功，但外公沒有就此屈服。只因他深信媽從大學畢業之後就會有所不同，就算是嫁人，也會嫁到比較好的人家去，為此，他在媽身上投資了不少錢。而媽進了靠著外公散盡家財、勞神費力送她去求學的大學後，在校園施工現場遇見了幹雜活的父親，最後甚至和父親結婚了。啊！為什麼不管是當時或現在，世界上的所有學校永遠都有某處在施工呢？媽連好不容易才考進的大學都沒畢業呢！

後來我才曉得，媽在第一個學期還沒結束之前就懷了我，接著被逐出家門，中斷了學業，也就是說，順序是「懷孕→同居→生孩子→結婚」。婚禮當然沒辦成，後來是為了辦理我的出生登記，才緊急跑去登記結婚。兩人自始至終都不肯說，到底他們是怎麼相遇、誰先喜歡誰、是怎麼告白的、兩人是如何開始，又是怎麼……說得更準確一點，媽上學時都是由司機接送，兩人究竟是什麼時候懷了孩子的？

就我所知，父親沒有任何家人，但不清楚他是否上過高中或有沒有畢業。每年要填寫家庭環境調查表時，父親的說法都會不一樣。先是國中畢業，後來變成高中畢業，也曾經說過高中輟學。總之，一無所有、毫無所長、孑然一身的打工仔，以及出生於有錢人家的女大生就這樣相遇了。

我曾經在電視的紀錄片節目上，看到一個名門女大生和校門口賣鯛魚燒的男人結婚的故事。男人拿出了自信與勇氣，而女人則被他的真心給感動。儘管家人的反對要比事先做好的心理準備激烈許多，但兩人的信心卻因此變得更加堅定。聽到夫妻倆說總有一天要再回到學校門口一起賣鯛魚燒，我的鼻頭突然感到一陣酸楚，瞬間也猛然領悟一件事——這和我父母的遭遇很相似耶！可是為什麼我們家……

媽無時無刻不在生氣，父親則是一貫地面無表情。在媽的煩躁達到極限，父親的漠不關心也達到嚴重水準時，我寫了一封信去報名專門解決家庭煩惱的電視節目，因為我覺得總有一天兩人會突然爆發。幾天後，自稱電視臺工作人員的人打電話過來，問了一堆問題。

「父母經常吵架嗎？」

「嗯……他們不會吵架。」

「那他們應該也沒有暴力相向囉？」

「對啊！」

「那麼，他們是否其中一人酗酒或沉迷於賭博？又或者有過外遇？」

「就我所知沒有。」

「有人離家出走過嗎？」

「沒有。」

「嗯！那麼他們雖然住在同一個屋簷下，卻把彼此當成隱形人嗎？彼此不跟對方講話，不同桌吃飯，晚上也分房睡？」

「他們一起睡耶！」

「呃……那你們家究竟哪邊有問題？」

透過那通電話，我終於明白了，原來他們兩人之間沒有任何問題。就這樣，他們繼續過著雖然不能稱得上幸福、但也沒有任何問題的日子。

體操小組瓦解之後，我變得無事可做，一放學回家就把書包一丟，躺在主臥室滾來滾去。顧名思義，真的什麼事也不做，只是百無聊賴地滾來滾去。因為還沒到電視播放固定節目的時間，所以我不知道該做什麼。我躺在媽媽旁邊來回翻身，有時不知不覺就睡著了，如果媽叫醒我，就起身去吃飯。我會和媽一起看電視，然後回到自己的房間做功課，之後上床睡覺，媽媽對此感到很滿意。

「媽媽本來就想叫妳早點回家，別再做那個什麼裝模作樣的體操了。聽說香港奶奶會把晚回家的孩子抓走喔！要小心。」

「媽，我才不相信那種事咧！」

「真的啦！聽說最近有很多人到派出所申報孩子失蹤。小謙的媽媽聽市場前面派出所的巡警說的，香港奶奶跑得非常快，百米只要九秒。」

看到媽媽用非常認真的表情說了一堆毫無根據的話之後，我不由得感到有些混淆。奇怪了，媽媽是故意想騙我嗎？該不會是真的相信這番話吧？就在我嚇得將身體往後退，腦袋裡做著各種複雜計算之際，媽媽又補充說道：

「去年不是有飛機失事嗎？搭乘那班飛機，名叫金玄熙，又名真由美的奶奶在當時死亡了，不過一起搭乘的貓咪倖存下來，聽說是被貓咪的鬼魂附身。」

我沒搭過飛機，所以不曉得貓咪能不能搭，就算可以好了，如果是奶奶死亡、貓咪倖存的話，那應該是奶奶的鬼魂附身在貓咪身上才對吧？怎麼會是活著的貓咪鬼魂附身在死去的奶奶身上？可是有許多孩子都聽媽媽說了相同的話，大家對此深信不疑，而且害怕得要命。

在某個冬雨綿綿的陰天，惠善因為覺得陰暗的天空很可怕而不敢回家，一個人坐在燈光已熄的教室啜泣。

「如果香港奶奶以為我是凶手，突然出現的話，那要怎麼辦？」

因為飛機爆炸事故而變成鬼魂，九秒內就能跑完百米的香港奶奶，難不成無法辨別白天和晚上？不過，最後我仍好心地陪惠善回到S大樓。直到迅速走入大門後，惠善好像才開始擔心起必須隻身回家的我，從收納櫃裡拿了一支手電筒給我。我推說沒關係，把手電筒還給惠善。惠善則是拉著我的手，將手電筒交到我的手掌心上，並讓我的每一根手指緊緊握住它。

「不行！妳拿去吧！一定要邊照邊走喔！」

接著，她再三囑咐打算轉身離去的我：

「我是說萬一，妳在路上遇見了香港奶奶，一定要在話尾加上『香港』兩個字，聽說這樣就會沒事。」

「知道了，香港。」

天空依然灰撲撲的，而手電筒的燈光太過微弱，我將鞋袋掛在圓圓的雨傘把手上，一隻手提著變得更重的雨傘，另一隻手則握著手電筒，走出了惠善家的大樓社區、經過巷弄，往山坡上爬。

我用老舊的雨傘遮雨，用模糊的光線勉強照亮腳尖走著，雖然路途遙遠又乏味，而且手腳也很痛，但我並不覺得害怕。獨自走在即便是大晴天時也經常覺得背脊發涼的偏僻後街，我不由自主地哼起歌來，大概是因為有手電筒的緣故吧！但不是因為它將四周照得通明，而是因為它只替我照亮了腳尖，所以我才不覺得害怕。

新聞上也曾經報導香港奶奶的事，但我沒有看。我以為會是關於孩子們聽到香港奶奶的傳聞後而感到害怕的內容，但孩子們說香港奶奶出現在《九點新聞》，說她是真實存在的，大家因此變得更加大驚小怪了。後來，奶奶也出現在各種兒童人偶劇和電影中，儘管有維妙維肖的打扮和特效，卻不如腦海中的想像那般可怕，反倒使孩子們得以擺脫對香港奶奶的恐懼，而香港奶奶也慢慢的從孩子們的記憶中消失了。

冬天時，我只在上學前洗臉、洗腳和刷牙一次，頭髮則差不多三天洗一次。我的棉被總是散發著酸臭味，但仔細想想，那應該是因為沒有洗腳就蓋上棉被的緣故。雖然主要是因為沒有熱水，但現在回想起來，也覺得一天只洗一次的確是太誇張了。不過，當時卻沒有任何孩子嫌棄我很髒或身上有味道。在那個年代，鄰近的孩子大部分到了冬天就會變得灰頭土臉，要是不經意去抓撓臉蛋，還能刮下白白的角質。大夥都是這樣度過冬天，對孩子來說，冬天是寒冷又骯髒的季節。

有一天放學回家，我發現媽媽不在。總是待在家，即便外出也會在我放學前回來的媽媽卻不在家。經常強詞奪理、和鄰居吵架的媽媽，只要一慌張起來，就連家裡的電話號碼也會忘掉的媽媽，那樣的媽媽竟然不在！可是我一點也不擔心，反倒為自己有獨處時間而感到開心，並鎖上了門，這是最早對媽媽的背叛。我打開衣櫥，試穿媽媽的洋裝，揹了一下手提包，偷穿了高跟鞋，還將化妝檯的抽屜全部打開，將化妝品逐一拿出來嗅聞味道。

媽媽的放大鏡映入了眼簾。化妝檯的鏡子前面，經常放著大大的鏡片配上黑色塑膠把手，用來觀察大自然的放大鏡。我們家沒有視力差到必須使用放大鏡的人，也沒有人會看報紙或書之類的印刷字體，它是媽媽用來拔腋毛的放大鏡。看到媽媽把放大鏡緊靠在鏡子上，一手拿著放大鏡映照同一邊的腋下，另一隻手則拿著小鑷子拔腋毛的樣子，只覺得真是詭異得可以。若是用講的而沒有實際看到，沒有半個人會相信，因為這種姿勢根本就沒辦法做到。不過，只是樣子難看一點而已，要做還是做得到的，就像不是有人可以用舌頭舔手肘嗎？

我打開了主臥室的半透明窗戶，不管我如何使勁推木窗，也無法一次整個將它打開，原因就在於每年重新漆上的油漆。每年到了春天，家裡就會進行大掃除，將門窗重新漆過一遍，薄薄的油漆疊了好幾層之後，便將窗框的縫隙給填滿了。雖然媽媽說重新油漆之後，感覺就像一棟新房子，心情會感到很愉悅，不過窗戶和房門也因此變得很難打開，當然，也無法關得密實。

所以夏天時，我們會一直讓窗戶敞開，到了冬天就將窗戶關上。在我們家永遠只有兩個季節，就連四季分明的氣候都要因此感到汗顏。窗戶打開時，即便有冷風吹入，依然是炎熱難耐；窗戶關閉時，即便感到有些悶熱，依然不減冬季的威力。是夏季或是冬季，決定權在父親身上。

八八年的冬天，氣溫突然驟降，我使勁推開打從初秋就關上的窗戶，原本黏呼呼、無法輕易打開的窗戶，卻一下子就被打開，涼颼颼的風很快就吹進房內。我將媽媽的放大鏡拿來到處試，卻無法順利讓陽光聚焦。準確地來說，不是無法聚焦，而是根本就沒有陽光。我掛在防盜用的鐵窗上，花了好一段時間尋找太陽從哪裡升起。因為有鐵窗的緣故，腦袋瓜無法伸出窗外，整張臉蛋被壓得變形，眼珠子好像就快脫窗了，嘴巴也開始莫名抽搐。有個附近的孩子經過，和我對上了眼神，結果他被嚇得一溜煙跑走了。

雖然看不太清楚，不過太陽好像是在左側，現在是下午，所以假設左側是西邊……。該死，就算蜂窩煤磚徹夜燒得有多熱烈，也只有屁股滾燙，門牙仍冷得瘋狂打顫的我們家，是完美的坐南朝北。

我別無他法，只能拿著放大鏡跑到院子，在就連我的雙腿也跨不到一步的狹小院子裡，只放了一個狗屋，用來代替鞋櫃。一堆尺寸太小的老舊鞋子凌亂地交疊在一塊，看起來就像一群剛出生的小狗狗。我將大門稍微打開之後，仔細觀察方向，再將放大鏡擱放上去。陽光，聚焦了！我拔下一根頭髮，將它放在焦點尾端，髮絲很快就飄出焦香味，開始燒了起來。我從筆記本上撕下一頁，開始燃燒紙張，從下面、從側邊、再從下面……我在紙上燒了幾個字。冬天的陽光比想像中來得微弱，厚厚的紙張不容易達到燃點。不知過了多久，我開始覺得頭暈眼花、肩膀痠痛，這時字體完成了。「呆，瓜。」呃，我本來不是打算寫這個的。

就在此時，「嘎嘰！」大門發出聲響，整個被打開來，是媽媽回來了。我蹲在地上，抬起頭，一手拿著媽媽專用的除腋毛放大鏡，一手大搖大擺地拿著燒出「呆瓜」的紙張，透過呆字裡頭整個被打穿的「口」看著媽媽。媽媽輪番看著我和紙張，好像受到打擊似的，整個人凍結在原地。

「妳，馬妮，妳……」

「不是的，媽媽！我不是指媽媽是呆瓜！」可是很奇怪，我怎樣也無法痛快將這句話說出口，只是不停地結巴。

「媽媽，不是啦！這個，這個……」

「馬妮，妳知道李箱是誰？」

什麼？

「妳知道李箱的《翅膀》？」

直到高中時，我讀了李箱的小說《翅膀》之後，我才曉得為什麼媽媽為什麼突然提到翅膀，她好像是聯想到了主角拿著放大鏡燒衛生紙的畫面才說的。但當時我沒有讀過李箱的《翅膀》，也不知道媽媽在說什麼。可是，我覺得我好像知道，李箱的翅膀，聽起來好耳熟。我認真思索了一下，李箱的翅膀、李箱的翅膀、李箱的翅膀……「年輕人啊！張開理想的翅膀〔註4〕，振翅高飛吧！懷抱胸口的夢想，飛向未來吧！」是歌手 Lee Miki 的《理想的翅膀》！

「媽媽，我好像知道。」

「原來如此，我女兒已經到了曉得李箱的《翅膀》的年紀啦？」

那當然，我清楚得很呢！那首歌已經有段時間了。準確地來說，那首歌現在已經過氣了，現在當紅的是《Damdadi》〔註5〕。

「妳外公、媽媽的朋友們，還有妳爸爸都說媽媽少根筋，說我什麼都不懂，但不是這樣的。媽媽全都知道，也時時都在動腦思考，反倒是因為想得太多，所以才會作繭自縛，就像李箱一樣。」

搞不好媽媽不是少根筋，而是因為想得過多，所以偶爾才會滿出來吧！總之這對我沒有任何壞處，無論是我玩火、亂動媽的化妝檯，或者硬將窗戶打開，媽媽都不會罵我。我們任由窗戶這樣開著，兩人肩並著肩，將肚子趴在熱呼呼的炕頭上，將棉被蓋到肩膀上。媽媽突然問起關於我的夢想、理想、希望之類的，我回答她：

〔註4〕：韓文的「李箱」和「理想」發音相同。

〔註5〕：一九八八年的韓國流行歌曲，由歌手李尚恩演唱，曾出現於韓劇《請回答一九八八》。

「我想練體操。」

一九八九年一月，我終於滿十歲了，媽媽帶著我到體操學院去面談。院長外貌出眾、身材纖細，讓人無法相信她要比媽媽來得年長。每當那一頭長長的秀髮飄曳時，就會有一股若有似無的汗水味和洗髮精香氣隱約飄散在空中。

「妳好呀，妳是我最年輕的弟子呢！」

院長伸出了白皙的手，我像是失了魂般輕輕握住那隻手，媽媽則是當場就繳了報名費。媽媽的手不住地顫抖，代替我在學生證寫上姓名、電話和地址。

先不論其他的，媽媽寫的字可是一流的，每次在留言欄或成績單上寫下父母傳達事項之後，老師們看了都大吃一驚。在沒有畫線的紙張上，媽媽的字總是精準地寫在一直線上，沒有絲毫誤差，那微彎的起筆和使力往下畫的一豎格外工整。

可是，此時媽媽的字體卻凌亂到只能勉強辨識的程度，圓圓的起頭和收尾完全搭不上。但我可以理解媽媽的心情，因為其實我也在發抖，院長身上有一種柔和又奇妙的氣場。

媽媽買了禮物給我，慶祝我正式學習體操。看著放學回家的我，露出嫣然一笑的媽媽；假裝什麼事都沒有，卻很不尋常地陪我走到房間的媽媽；在我走進房間時，站在門後露出欣慰笑容的媽媽，就像某齣溫馨的家庭電影或週末午後教育頻道上演的家庭劇畫面，媽媽將包裝得很精美的禮物和便條紙一併放在我的書桌上。

「給親愛的女兒馬妮，要成為帥氣的體操選手喔！媽媽留。」

看到字體有些歪七扭八，媽媽大概又像填寫學生證時一樣發抖吧！我也帶著緊張萬分的心情撕開了包裝紙，在還沒全部撕開之前，就有東西閃了一下。是衣服！光滑材質和展現腿部線條的紫色緊身衣，像超人一樣穿在緊身衣上頭的白色長袖洋裝式泳衣，以及側重保溫功能勝過保護關節的毛袖套。因為和奧運選手的體操服不一樣，我還覺得有些奇怪，但和我一起練習的大嬸們身上的衣服也和我的類似，所以只覺得大概是練習服吧！後來我才曉得，那是有氧運動服，那裡是有氧運動學院，而我學的，是有氧運動。

當時，有氧運動蔚為流行。那是女性禁止在公開場合跳舞的時期，因此有氧運動可以說在女性之間，特別是主婦之間刮起了一陣旋風。忙著照料丈夫和子女而無暇管理身材或健康的主婦，被喚醒了自身慾求。早上會播放介紹有氧舞蹈的簡短電視節目，晚上則會在社區空地或鄰近公園上歡樂有氧課程。我現在哼得出來的早期流行歌曲，像是「有什麼事啊？蒼蠅屎！」〔註6〕之類的有氧音樂，大部分都是那時候晚上在昏暗的空地上聽到的。

我一下課就會到學院報到，每天都會去。媽說我練習體操的時機比較晚，拜託院長特別關照，院長說我很了不起，小小年紀就立志當有氧選手，說好要替我上私人課程。

但是，有超過兩個月的時間，我都在做暖身運動，而且只做暖身運動。我一次又一次地期待，也許明天、後天，最慢下個禮拜，我也能像其他學生一樣搭配音樂做些什麼吧？但我每天幾乎都花兩個小時拉筋。走進學院之後，我就窩在鏡子前的角落，將腰部往前、往後折，腿部往前後一次、往左右一次，脖子往前後，接著手臂往前後，站立，坐下。暖身結束後，又是PT體操、原地跳躍、原地跳高、快速原地跳高……腦袋完全沒有任何想法，只是重複做著機械般的動作。

院長站在稍遠處，雙手交叉看著我的一舉一動，要是覺得我的動作有點慢或是

〔註6〕：指奧莉薇亞・紐頓・強（Olivia Newton John）所演唱的「Physical」一曲，歌詞「let me hear your body talk」聽起來與韓文的「有什麼事啊？蒼蠅屎！」相似，韓國人因此經常如此戲稱。

變小了，就會「啪、啪」拍兩次手，引導我的視線，接著大力地點一下頭，表示重新再來一次。那麼，我就必須再度真誠地做一次那微不足道的動作。即便我依舊分心在想別的事情，但只要我假裝咬緊牙關，動作稍微帶點節奏，院長也會睜一隻眼閉一隻眼，不知道是真的被糊弄，或者只是假裝被矇騙。我開始覺得有些疲乏了。

有一天，結束兩小時的拉筋後，我正打算回家，院長叫住了我。

「怎麼樣？做起來不容易吧？」

「嗯！對啊……」

雖然我很想說，是做起來很無聊才對，但我不敢和院長對上眼神，只是怯生生地剝著指甲下方的死皮。

「從下個禮拜開始跳舞吧！」

聽到院長突如其來的話，頓時淚水在眼眶裡打轉。雖然肚子餓得要命，內心又很哀怨，但我想，對成為人類充滿迷戀，堅毅地將艾草與大蒜塞進嘴裡的熊，在化身為「熊女」〔註7〕的當下，大概就是這種心情吧！當天晚上，我在主臥室鋪上厚厚的一層棉被，指尖和腳尖分別使力，嘗試做出各種動作。媽媽以欣慰的表情看著我，配合我的動作哼起歌來。父親則一言不發地看著我們，然後說了一句：

「吵死了。」

媽一如往常地斜眼瞪了父親一眼，露出不悅的表情，但我覺得那是木訥的父親與眾不同的說話之道，畢竟那代表他認真看過了。我相信唯獨我才能看出那是父親在替我加油的方式，暗自感謝父親。但經過更長久的觀察後，現在回想起來，他好像真的覺得很吵才說的。就連我自己都覺得，那天晚上的我不只吵死了，而且是精神錯亂了，媽也一樣。

即便過了三十年，我的神智依舊沒有清醒。在被解雇的那天晚上，我仍安穩地睡了個好覺，早上則若無其事地更衣、吃麵包，迎著清晨的風，走出了家門。雖然

〔註7〕：典故出自朝鮮神話。在太白山的山洞住有一熊一虎，牠們向天王桓雄祈求，希望能成為人類。桓雄給了牠們二十瓣蒜頭和一把艾草，要求牠們以此維生，老虎因饑餓難忍而中途放棄，但熊堅持了下來，在二十一天時化身為女人，日後生下了朝鮮開國君主檀君王儉。

準時出門了，卻不知道該上哪兒去。風是如此冰冷，想到除了家和公司之外便無處可去，也沒有能見面的朋友，不禁深刻感受到自己活得有多窩囊。幸虧我還有一個三角形 MP3 Player，無論宋代理如何百般嘲笑它，我也絕對不會拋棄這傢伙。這是對於它的一種尊重，感謝它默默陪我度過無數白晝與黑夜、上下班、外勤、寂寞孤獨與煩惱時光。

我戴上耳機，搭上了地鐵。在這種情緒低潮的日子，總有一群少年能毫無例外地為我帶來撫慰。我點選了集結男偶像歌曲的「BOYS」資料夾，「Everyday I Shock, Every Night I Shock!」我將音樂調到最大，不去理會周圍的任何聲音，連頭也沒有抬起。

我在最近的轉乘地鐵站下車，走向二號線的月臺，我打算搭著循環線繞行首爾，坐到我暈車為止。我將腳尖稍微卡在黃色安全線上站立著，等待地鐵。

「咻嗚！」，吹起了一陣就連胸口都覺得涼颼颼的冷風，地鐵進站了。

車廂被人潮擠得水洩不通。再過一會兒，這些人就會各自前往公司和學校，二號線也會變得冷冷清清吧？我心想，到時再找個座位坐下來補眠，將全副心思交給音樂，將身體託付給推擠的人潮，閉上了雙眼。不知時間過了多久，原本外界透過耳機仍能聽見的嗡嗡聲離我越來越遠，化妝品、香菸、香水味也緩緩消失了。我感覺不到他人從四面八方推擠過來的肩膀和臀部，全身的知覺好像麻痺似的，已經閉上的雙眼變得更加漆黑。這好像是我人生第一次暈厥過去。

這是我從小學、國中到高中，長達十二年間，每到週一必須在運動場參加朝會時夢寐以求的事。比我塊頭大、飯吃得多、跑百米也比我飛快的許多朋友，都不敵火辣辣的陽光和校長冗長的訓話，接二連三地被抬走了。只要到了朝會時間，至少會有一人臉色變得蠟黃，眼睛翻到能看到眼白，冷汗直流，「咚！」一聲倒在運動場的紅土上。我也好想暈過去，但我身強體健，足以在盛夏烈陽底下聽完校長支離破碎的訓話。曾經那樣神勇的我，現在卻感到頭暈眼花？就在我隱隱約約地想起小時候、珠美家，還有第一次流鼻血的記憶時，有人拍了拍我的肩膀。

我張開眼睛，看了看四周，眾多的乘客此時完全不見蹤影，只有一名身穿制服的男人看著我說話。他揚起眉毛，手放在耳朵旁做些動作，不知道在說什麼。我只看到他一臉煩躁，身體動作也越來越大，卻怎樣都聽不到他的聲音。這是在做夢嗎？見到我發愣的樣子，他伸出了手！就在我以為自己真的要暈過去的那一刻，他粗魯地拔下了塞在我耳朵上的耳機線。

「我、我要叫小姐妳把這個拿下來，怎麼把音樂調得那麼大聲啊？」地鐵停了下來，窗戶外頭一片漆黑。我、我跑到什麼地方來了？所有人都消失無蹤的世界，唯一的生存者神色慌張地站在我眼前，我抓著他的袖子問道：

「大叔，這裡是哪裡？」

「地鐵啊！小姐妳怎麼不下車？」

這裡是新道林站。為什麼我放著那麼多條循環線不搭，偏偏搭上了往新道林站的地鐵呢？已經下班的司機大叔說，下一班列車要等一段時間才會出發，問我打算怎麼辦？我在親切的司機帶領之下，順利走出了月臺。

和司機並肩走著時，我覺得彼此間的靜默很尷尬，於是問了列車現在要往哪去。我對於乘客下車之後，列車在中斷的軌道前停下之後的事感到好奇。司機則是用稀鬆平常的口吻說，有時列車會回到車庫，有時會沿著軌道再次出發。我又再次詢問，如果夜間地鐵運行時間結束後會怎麼樣？

「先睡一晚，隔天早上再出門啊！不管是列車或人都一樣，工作、睡覺，然後再工作，這就是人生嘛！」

大叔不只人很親切，還充滿了智慧。先睡一晚，隔天早上再出門的生活，讓人感到乏味，讓人感到力不從心，也讓人想逃得遠遠的。而如今，那樣的平凡日常結束了，我現在站在哪裡呢？軌道就此中斷了嗎？那麼，往後我該怎麼辦呢？

我朝著和新道林站相連的百貨公司方向走了出來，舞臺好像有表演吧！柱子上貼著巨大的音樂劇海報。小時候我曾經來過這裡，當時還不是百貨公司，而是煤磚工廠。雖然現在放眼望去全是大樓，但當時一棟高樓也沒有，只有幾棟補習班的建築，附近流著不知是漢江還是小溪。

即便站在遠處，只要探出頭，就能看到整條水路。對面煤磚工廠的老舊煙囪裡噴出了一團又一團的烏黑煙霧，父親曾短暫在那間煤磚工廠上過班。雖然不曉得發生了什麼事，但當時急需一筆鉅額，而父親經過一番深思熟慮，將店面頂讓了出去。用保證金解決急事後，父親說會去找份工作，不管哪裡都好，最後在老舊又偏僻的一樓狹小店面的承租者出現之前，父親就按照計畫順利在煤磚工廠就業了。

以父親的性格，自然不可能帶我到工廠參觀，是媽媽說想親眼看一次父親工作的地方，但又不敢一個人走在陌生的路，所以我陪她一起去的。我們像是一對初次來到首爾的姊妹般緊緊牽著手，非常小心謹慎地搭上了公車。在當時，搭錯公車是一件大事，那時誰能料想得到，公車可以轉乘的時代，以及搭公車時以卡片代替零錢，既不用投幣也不用刷卡，只要「嗶」一下就好的時代會到來呢？

高中第一次使用交通卡那天，我依照平常投入月票的習慣，不假思索地將卡片投入收費箱。雖然最後在終點站開了收費箱，領回了卡片，但我感到很懊惱，也覺得自己很窩囊。就在我帶著萬念俱灰的表情再次搭上公車，正打算將交通卡放到機器前刷卡時，司機大叔說了句「不必了」。

「直接搭吧！不用再刷一次。」

我有禮貌地敬了個禮，說了句「謝謝」，接著跑到最後面的座位。大叔透過後視鏡看了我一眼，忍不住笑了出來。

「我女兒給了我一張最新歌曲的卡帶，同學妳也喜歡這種歌嗎？」

空蕩蕩的公車內響起了「動次、動次」的歡快節奏，「人生在世，總有不順心的時候，這時就像我一樣高歌吧……」看到一名女高中生為了拿回交通卡，搭了一個小時多的公車，接著又要再搭一個小時多的公車回去，這大概是司機大叔最好的安慰方式了吧！大叔的心意令我感到感激又溫暖，於是忍不住落下淚來。那一天，我蜷縮著身子坐在公車最後面的座位，肩膀配合酷龍的歌曲《空嗟里沙巴拉》的節拍不停抖動，哭成了淚人兒。

幸虧從家附近的公車站有直達煤磚工廠的公車，我代替緊張的媽媽率先上公車、下公車、過馬路，非常沉著冷靜地找到了工廠的所在處。我看到高牆的另一端有著三角屋頂的灰色建築物，好悲傷的房子啊！這是年幼的我初次見到煤磚工廠時的感想，總覺得那裡頭住著一名心地善良卻因外貌凶惡而離群索居的孤單巨人。

眼前有好多長得一模一樣的建築物，好像往哪兒走都會迷路似的。我們怔怔地站在工廠門口，朝我們說話的是警衛大叔，而不是巨人。

「有什麼事嗎？」

既然大叔開口詢問，我便老實回答了：

「來找我父親。」

「是喔？妳父親是誰？」

雖然媽媽趕緊摀住了我的嘴巴，但我已經脫口說出姓名，一星期前才到工廠工作的事也一併說了出來。最後，我們老實安分地坐在警衛室，邊喝著大叔端給我們的熱大麥茶邊等待父親。

「以妳爸的個性，妻女跑來找他會高興才怪，原本只要安安靜靜地來參觀一下工廠就好，妳為什麼要大嘴巴，把事情給鬧大？」

媽不停抖腳，顯得很焦躁不安。如果沒有要見父親的話，那為什麼說要來工廠？既然這麼不甘願，為什麼不乾脆回家，還要在這裡等呢？

最後，我們沒見到父親。警衛大叔說，父親在進行作業，所以沒辦法出來，但再過四十分鐘左右就是休息時間了，問我們願不願意等。媽媽帶著非常遺憾的表情說要直接回家，走出工廠時，還忍不住頻頻回首。

那一天，父親也說要加班，很晚才回來，我連父親的臉都沒見到就睡著了。隔天我聽媽媽說，父親完全沒有問為什麼我們要去工廠，只是默默吃完媽媽準備的晚餐就上床就寢了。

「他沒聽說嗎？還是忘記了？」

媽媽不禁側頭納悶，而我總覺得父親應該沒有聽說這件事。父親應該忙著工作，沒收到任何通知，而告訴我們父親在進行作業，四十分鐘後會休息的，則是監視父親的人——這樣講有點怪，不過當時我想不到其他說法——那個人一定很討厭我們跑去工廠。

接著，幾天之後，父親辭掉了工廠的工作。曾經擁有自己的店面，想偷懶就偷懶、想回家就回家的父親，終究無法忍受緊繃的工廠生活。父親連忙取消了要頂讓店面的事，一大早就上批發市場載蔬果回來，這是媽媽所做的決定。

「就算店面只有鼻孔般大小，我還是喜歡別人稱馬妮的父親為老闆。」

媽媽露出淒然的笑容，父親則長嘆了一口氣。眼前我們家並沒有窮到必須挨餓，也不是無處可去，必須流落街頭。先前說需要一大筆錢的事，聽說外公出手幫忙了，可是父親跟媽媽卻如《麥琪的禮物》〔註8〕裡頭的貧困夫婦般，一副悲苦樣。

我想轉換一下氣氛，所以故意用誇大的口吻笑著說：

「有誰會在買水果時叫老闆？大家都嘛叫『頭家』！啊哈哈哈哈哈。」

他們兩人都沒有笑，反倒氣氛變得更尷尬了，媽媽低聲數落了我一句：

「沒心沒肺的丫頭。」

父親在各種工作來來去去，不停轉換跑道，現在自己當了老闆。而導致我成為沒心沒肺的丫頭的煤磚工廠，如今已成了百貨公司、飯店和公寓大樓，不僅販賣日式套餐、有門票超過十萬圓的公演，每一層樓也有不同的咖啡專門店，販售黑如煤磚的咖啡。

〔註8〕：《麥琪的禮物》（The Gift of the Magi），美國作家歐・亨利的極短篇。

每次用蜂窩煤磚烤五花肉時，都會不由得想起那間工廠。現在工廠的工作依舊忙碌到連年幼的女兒都無法見上父親一面嗎？大不如前了吧？如今總算解開了這個疑惑，煤磚工廠老早就消失了，工作到整張臉蛋、雙手和胸口都變得烏黑的人也消失了。決定拆除工廠的人，沒人會為員工渺茫的生計擔憂，這些製作蜂窩煤磚的員工，八成也無暇抗議或發洩憤怒，只得趕緊謀求其他出路吧？想必此時他們仍在某處默默地勤奮工作，直到手掌發紅、發黃或發紫。在變遷快速得叫人害怕的世界，仍有一成不變的事，那就是勤奮老實的人到哪都很勤奮老實，而貧困潦倒的人依舊貧困潦倒。

雖然媽媽總發牢騷說凌晨要更換蜂窩煤磚很麻煩，不過使用燃煤爐的時期好像是最溫暖的，因為地板都被燻到變黃了。燒蜂窩煤磚時，為了避免火熄滅，即便火很微弱也必須燒下去，要是覺得到外頭調整通風口很麻煩，那麼就必須忍受整晚過燙或過冷的情況。

然而自從改用燃油地暖後，在房間內可以輕鬆地開關電源和調整溫度，我們家卻變得更冷了。媽媽只有在非常非常寒冷時才會打開地暖，要是覺得稍微變暖和了，就會立刻關掉。多虧了最新型的地暖，媽媽得以熟睡到天明，我則是必須穿上羽絨大衣睡覺才行。

寒氣沿著血管滲透到全身每個角落、心臟及血管，在我記憶中，這個地方代表著讓我捱過嚴寒的滾燙、刺鼻燃料，我人生中最寒冷刺骨的冬天再度來臨了，在以為會無止盡繞轉的循環線停靠在地鐵站之後，我也跟著停止了。

八九年的春天，我們家進行了大規模的改建工程，燃煤爐也在當時改成了燃油地暖。為了增加空間，就連庭院的一小塊空間也鋪上地板，主臥房和我房間的木窗全都改成鋁窗，而最具關鍵性的，就是廁所也進行了施工。下方整個被挖空，可以清楚看到穢物和衛生紙的傳統廁所，改成了只要拉一下繩子就會有水流出的沖水式廁所，但不是像椅子般可以坐下的馬桶，而是模樣長得像膠鞋的蹲廁。雖然蹲久了腳一樣會抽筋，但至少看不到那些穢物了。

沒有使用過傳統廁所的人，是沒有談論人生的資格。我斗膽說一句話，人活得像人的第一個條件，不是不用挨餓，而是使用沖水式廁所。那是一種進退兩難的情況，既要擔憂糞便濺到臀部，又不能不讓它卸貨。每當我方才卸貨的穢物往下墜，廁所內響起噗咚的聲響，即便是苦思人生重量與生之虛無的人，也會頓時領悟到自己不過是吃喝拉撒睡的動物。只要蹲在廁所裡，我的想法就會變多，孕育我這個人的，有百分之八十是廁所和裡頭的穢物。

此外，隨著廁所地板開始出現裂痕，說不定哪天會有人跌進馬桶裡的不安感總如影隨形。雖然父親是我們一家三口中最重的，但也不能肯定父親就會跌進去。哀哉、哀哉，父親的重量造成了龜裂，媽媽的重量加寬了裂痕，我有種不祥的預感，覺得廁所會在輪到我使用時瞬間坍塌，這令人心驚膽跳的俄羅斯羅盤！在父母兩人外出時，我連大號都不敢上，因為要是我跌進去，也沒人可以救我。跌進廁所裡而死，這是多麼骯髒又丟人的事啊！搞不好還會上新聞呢！住在首爾S洞的高姓小學生，今天白天因跌入傳統廁所而身亡，死因推測為在排泄物中窒息死亡……痾！真的好髒。

每當我說傳統廁所很恐怖時，媽媽就會責怪自己以前沒做好胎教。

「妳還在媽媽肚子裡時，媽媽也很討厭上廁所，擔心上到一半時妳會跑出來，一次也沒敢使力，整整十個月都在便祕。每次上大號時，媽媽就會如坐針氈，暗自祈禱『孩子啊，別出來喔！』所以妳從在媽媽肚子裡時就已經很害怕廁所了。後來才發現，我不只養大了孩子，連宿便也一塊養大了。」

媽在生我時碰上了難產，陣痛的時候，媽被比任何產婦都劇烈的疼痛所折磨，進入分娩室足足十二小時，媽才總算覺得下半身有什麼很暢快地跑了出來。

「出來了！」

媽大聲歡呼，而原本心疼得頻頻拭淚的父親連忙向醫生問道：

「是兒子還是女兒？」

「是宿便。」

大概是早已司空見慣，上了年紀的醫生爺爺顯得泰然自若。媽先是排出了比我體積更大的宿便，後來才生下了我。我出生時有三點八公斤，算是頭好壯壯的健康寶寶。

那是項浩大的工程。替換窗框花了半天，拓寬地板時，花了一天打掉大門、整理庭院，以及打造一根木柱。在上頭鋪上地板，重新安裝大門又花了半天，合計在兩天內俐落處理完畢。在房間地板重新裝設地暖管線，則是分了好幾天完成。拆除我的房間地板時，一家三口睡在主臥室；拆除主臥室地板時，我們則像肋排一樣緊挨著在我狹小的房間睡覺。

問題在於廁所。先叫來水肥車，將穢物全部清走之後，將化糞池給埋起來，接著在那上頭安裝馬桶。先將馬桶、化糞池和水管連接起來，並且事先做好措施以免管線凍結，然後鋪上磁磚並等待它變乾……聽說這整個工程最少要花三天，那麼要叫我們三天都不去上廁所嗎？我忍不住問媽媽到底在想什麼，居然要做這種需要耗費三天的工程，那上廁所要怎麼解決？媽媽倒是非常老神在在。

「小號就在盥洗的地方隨便解決，用水沖到下水道就好，大號在學校上不就好了？『我討厭會看到大便的廁所！討厭死了！』到底是誰一直唱著這首歌啊？只要忍耐幾天，往後就能在乾淨的廁所裡舒服地上大小號，就連這點事都受不了，難道要一輩子使用會看到排泄物的廁所嗎？」

「大號是想上就能上的嗎？如果在學校上不出來怎麼辦？」

「當然是想上的時候上啊！不然隨時都能上出來嗎？如果隨時都能上的話，那還算是個人嗎？是條狗吧！」

「好，那假設我在學校上好了，父親可以在店裡上，那媽媽要怎麼辦？」

「這妳就甭擔心了，我已經跟黃家說好，一天會去他們家上一次廁所，妳以為媽媽會毫無準備就開始動工嗎？」

「還有，我才不會一輩子上看到大便的廁所，我以後要嫁給擁有沖水式廁所的男人！」

「妳以為想嫁誰就能嫁誰啊？媽媽難道是想嫁給使用傳統廁所的男人，所以才和妳爸結婚的嗎？」

這樣一聽下來，我選擇配偶的條件還真簡樸。擁有沖水式廁所的男人，居然不是家裡有裝沖水式廁所的男人，而是擁有沖水式廁所的人？也就是說，就算男人無家可歸也無所謂，只要擁有一個廁所就行了。我忍不住開始想像那個特別的求婚畫面，身穿西裝的帥氣男人，拉著繫有紫色緞帶和氣球的簡易廁所向我走來，說道：

「妳，願意一輩子和我一起使用這個沖、水、式廁所嗎？」

這又不是什麼了不起的條件，為什麼我到現在還嫁不出去？

第一天，我提前一個小時到學校，在與平時相同的時間上了大號。第二天，我覺得還可以忍耐，於是按照平常的時間上學，然後才去廁所。就像媽媽所說的，什麼問題都沒有，意外是在隔天才發生。

那是去體操學院的星期三。上午只有家庭主婦的課程，下午只有我一名學生，所以星期三上課時，院長會緊跟在我的身邊，仔細說明動作，示範給我看，還有抓住我身上各部分的關節，糾正我的姿勢。在正式開始學習舞蹈之後，我反倒士氣節節敗退，動作太過困難複雜，速度又很快，比想像中耗上更多的體力，在還沒上完整堂課之前，我就已經累到在地上打滾。那一天，我也呈大字形躺在地板上，而院長走到我身旁坐下，說這樣躺反倒會傷到肌肉，敲了敲自己的四肢，做了一下暖身。我很少有機會可以在非跳躍或折身體的狀態下，和院長兩人肩並肩，靜靜地什麼都不做。我小心翼翼地開口問道：

「可是，我什麼時候才會學習拿緞帶、體操棒和呼拉圈呢？」

「嗯？」

「我看韻律體操都有拿那些道具。」

院長睜大了眼睛，沿著順時針的方向轉了一圈。她緩緩取下綁在頭髮上的紅色髮圈，側著腦袋，一字一句慢慢地對我說：

「我們馬妮將來的夢想是什麼？」

「成為體操選手，所以才會來這裡學體操呀！」

我無法忘記當時院長的表情。想像現在是悠閒的午後，我在陽光和煦的空間散步，有一隻潔淨漂亮的街貓走近，接著敲敲腳背，說聲「不好意思」，我是否就會露出那種表情呢？院長用深不可測的表情凝視著我，露出迷人的微笑說：

「啊！這樣啊！原來妳想成為體操選手啊！原來妳是來學習體操的。」

這回答是怎麼回事？雖然我感到有些困惑，但這一次我又被院長給迷惑了。院長說她收集了體操比賽的錄影帶，要我到她位於學院樓下的家吃飯，看完錄影帶再回家。接著，那天有兩件事對我造成了衝擊。

一個房間，還有一個廚房兼客廳的空間，院長好像是一個人住，家中清一色是院長的照片。從大部分舞臺照都是她身穿韓服的模樣看來，她學習的應該是韓國傳統舞蹈，還有好幾張是和舞團團員身穿相同韓服的團體照。裝飾櫃上放滿了褪色的獎牌和獎盃，看來院長的舞藝真的很出色。可是舞蹈和體操有關嗎？話說回來，我們連院長的專長領域是什麼，哪個學校畢業的，是否有教導我體操的相關資歷都不知道，二話不說就繳了學費。

在我參觀她家的時候，院長忙碌地從冰箱取出食材。看到她圍上圍裙，站在流理檯前面的模樣，覺得院長也和媽一樣只是個平凡大嬸。

「我煎牛排給妳吃。」

肉排的香氣四溢，院長一轉眼就在客廳的矮桌上擱放兩個盤子。厚實的肉片上淋著褐色醬汁，還有玉米、蘿蔔和高麗菜放在一旁當做裝飾。這不是淋上番茄醬的炸豬排，而是使用刀叉用餐的真正牛排。沒想到在家也能吃到像是《莎拉公主》和《紅髮安妮》等卡通中出現的食物！這是第一個衝擊。

「老師，您不吃飯嗎？」

院長好像覺得我的問題很可愛，笑著回答：

「當然吃啦！牛排是在偶爾懶得做飯時才吃，今天是因為要趕著做出來。怎麼了？妳不喜歡牛排？」

我連忙搖手，手裡還拿著刀叉，回說我很喜歡牛排。其實，那天我是第一次吃牛排，雖然還沒享用之前就先回答，不過就結果來看的確是事實，我喜歡上了牛排。

院長真是個特別又果敢大膽的人，就算我再怎麼年幼，也不能在儼然是全家人省吃儉用、好不容易才湊足學費的我面前說「懶得做飯時就吃牛排」這種話吧？瑪麗王后所說的「沒有麵包吃，就吃肉吧！」可是真的會引起大革命啊！無論她是否真的說過這句話。

就在我狼吞虎嚥地將隨便切下的大塊肉塊往嘴裡塞時，院長打開了桌子對面的電視並播放起影片。那是一名年幼體操選手的比賽，她的濃密劉海剪得很短，長度還不及眉毛，後面則是綁成一個小巧玲瓏的頭髻，雙眼皮深邃，鼻梁高挺，而她的頭又小又圓。為什麼體操選手的頭都這麼小，長得又漂亮呢？

胡思亂想很快就消失得無影無蹤，我無法從畫面移開視線。她站在平衡木的尾端，張開雙臂，穩住重心之後，有節奏地跨出三步。接著，她的身體宛如小鳥，不！宛如一根羽毛般輕盈飛起，沒有一丁點的晃動，穩穩地著地。嬌小優美的身軀彎成弓形，顯得自信而從容不迫。

高低槓比賽尤其完美得無從挑剔。我不禁想起之前跟父親去河邊釣過淡水蝦，陽光反射在河面上，一片波光粼粼，身子被照得清澈透明的蝦子猶如精靈般美麗。那名成熟老練的女孩如小蝦子跳出水面般，身體在低槓上回彈。看她的身體在高槓上旋轉，腰部猶如旋風般往低槓上彎折，最後穩定著地的畫面，我的口水就這麼滴了下來，就連咬沒幾下的肉塊也不停往喉頭吞下。

「她是柯曼妮奇，納迪婭・柯曼妮奇，是締造傳奇的體操精靈。」

院長說道。我覺得與柯曼妮奇的相遇猶如命運，而院長在我的命運論上頭又加了一句火上添油的話。

「打從初次見到妳時，我就覺得妳是個特別的孩子。高、馬、妮，聽到妳的名字時，我隨即想起了柯曼妮奇。」

聽說柯曼妮奇足足拿下了七次的十分滿分。這又不是紀錄賽，要在評審打分數的比賽中，讓所有評審都不約而同地給滿分根本是天方夜譚。一九七六年的蒙特婁奧運，柯曼妮奇表演結束後，分數板出現了一點零的數字。這場令觀眾不禁起立鼓掌叫好的完美表演，卻拿到令人傻眼的低分，選手、觀眾和教練都感到十分錯愕。就在教練正打算起身抗議時，有一名評審慌慌張張地大叫，不是一分，是十分！原來是因為分數板最多只能顯示到九點九九。十分就是如此偉大的分數，十四歲的柯曼妮奇搖身變成了奧運的英雄。

聽著院長說起柯曼妮奇的故事，我不禁全身熱血沸騰，臉蛋也發燙起來。我的腦袋變得昏昏沉沉，嘴巴和眼睛好像都快冒煙了。神明降駕起乩大概就是像這樣吧！染上相思病想必就是這種滋味吧！那一刻，我真的深深為體操所痴狂。我想不起來自己是如何回到家的，躺在床上時一心只想著柯曼妮奇。

還有，那天晚上我生了場大病，肚子痛得要命。生平第一次品嚐的牛排，而且還是在魂不守舍的狀態下胡亂塞進嘴巴的牛排，導致我吃壞了肚子。為了安裝地暖，主臥房的地板全被拆了下來，全家人都擠在我的房間睡覺。見我不停翻來覆去，躺在身旁的媽媽也無法好好睡上一覺。

「妳怎麼一直動來動去？活像隻急著解便的小狗！」

「我想大便。」

我向吃驚得猛然爬起身的媽媽拜託：

「媽媽，我的肚子真的好痛，我可不可以也到黃媽媽他們家上一下廁所？」

但那時已經是半夜十二點了，媽媽急忙在院子的一角鋪上報紙，而內心更急的我則是迫不及待拉下褲子，在整個被挖空的院子裡上大號。雪上加霜的是，水便稀里嘩啦流了出來。媽媽緊緊咬住下唇，不停打著哆嗦。她一言不發地將我的排泄物清理乾淨之後，整夜都沒闔眼，自言自語地嘟囔：

「唉唷！那個隨地大小便的丫頭。小娃兒時不知道怎麼大小便，現在長這麼大了，還半夜大聲嚷嚷著說要上大號，也不知道跑到哪去撒野、在外頭吃了什麼，把全家人都吵醒。沒想到我活到這把歲數，還得給長這麼大的孩子清理大便。唉唷！我的命怎麼會這麼苦啊……」

不知是不是脫水太嚴重，我整個人變得很疲倦無力，媽媽那毫無起伏的低喃聽起來就像搖籃曲。我不知不覺地閉上雙眼，進入夢鄉時還一邊想著，柯曼妮奇也是需要上大號的吧？

經過十餘年，我才知道我的名字還有另外一層涵義。那時韓國早已成為網路強國，年輕人每晚都坐在電腦螢幕前面，夢想著如電影般浪漫的邂逅，和素昧平生的人聊天，以及尋找兒時的同學。我一時興起，在網路搜尋欄打上「高馬妮」。

忠清南道公州有個「高馬妮山道」，聽說在百濟時，公州的羅城村有戶人家有五個兒子。羅唐聯合軍和百濟開戰時，這五個兒子自然也被徵召參戰，越過這個村子前面的山道前往戰場。經過長達六年的戰爭，百濟滅亡，父母雖天天上山等待兒子歸來，但五個兒子終究沒有回家。

後來，村民便將兒子們越過的這條山道稱為高馬妮山道，意思是「越過這條山道就會帶來苦難」〔註9〕。就算是命喪黃泉也永遠無法回來的山道，越過之後就會帶來苦難的山道。高馬妮山道，讓人不禁悲從中來，卻又莫名令人毛骨悚然。父母兩人到底是怎麼想的，怎麼會替子女取這麼悲涼的名字呢？

「媽媽，我的名字是誰取的？」

〔註9〕：高馬妮的韓文「고마니」又可拆解為「苦（고）」和「許多（마니）」之意。

「外公取的，是特別請算命的取的。」

之前外公還撂下狠話說，無論生男生女，他都不願意見上一面，看來孩子出生之後，外公還是心軟想替孫女取個好名字。

「是什麼意思？」

「不知道，以前好像有說過，但我忘記了，總之是好的意思，說會飛黃騰達。」

我想了一下，又問：

「媽媽，妳知道高馬妮山道嗎？」

「嗄？什麼有三道？」

「算了，沒事。」

被解雇之後，我仍有好一段時間會在早上搭乘地鐵，白天無可奈何地進行地鐵朝聖之旅，晚上則夢見自己越過永無止盡的山道，而且還持續是上坡。這是高馬妮山道嗎？夢中的我如此想道，醒來之後，我覺得更疲累了。

驚險萬分，卻又幸福滿滿的時光

在得知我成為無業遊民之後，媽擺出了當媽的架式破口大罵，既沒有帶著真心對我說：「先前辛苦妳了。」也沒有溫暖地替我加油，說只要找更好的工作就夠了。儘管我在職場上闖蕩了許多年，卻連一毛錢都沒有存到，因為我所掙來的五斗米全都被拿去當做我們一家的生活費了。儘管如此，媽卻從來都沒向我道聲謝，聽到我被炒魷魚之後，果然如我所料臭罵了我一頓。

世界上沒有所謂的祕密，不管是什麼事，紙終究是包不住火的。所以，我就先坦白了。明明不用去上班，但每天早上又不能賴床，一整天漫無目的地遊蕩也很痛苦，最要緊的是，我很害怕發薪日的到來，於是我在吃晚餐時向家人據實以告。

「是真的嗎？」

媽一口氣問了我五次「是真的嗎？」聽到我誠實地五次都說「對」，媽一邊猛力搖晃我的肩膀，一邊發脾氣。

「妳怎麼還敢這麼理直氣壯？現在是在炫耀這件事嗎？妳到底是做了什麼才讓公司開除一個從來不曾缺勤的人？妳居然還敢若無其事地說被公司炒魷魚了，是要叫我們一家三口往後吃什麼過活？妳連一點良心都沒有嗎？要看年邁的爸媽餓死才高興嗎？」

我也忍不住發了火。

「工作再找就有了嘛！媽沒看新聞說最近景氣不好嗎？公司經營不善，裁掉了很多人，不是只有裁掉我一個。還有，過去我也很認真工作啊！媽以為有很多快四十歲還沒嫁人的女兒撫養父母嗎？我也不期望媽說什麼感激的話，只是說聲『辛苦了』、『休息一下吧』有這麼難嗎？」

其實，我並不是為了養活父母才不嫁人，而是因為嫁不掉，久了之後就莫名變成在撫養父母。我對此心知肚明，所以也無意想往自己臉上貼金，但火氣一上來就脫口而出了。還有，被裁員的人真的只有我一個人，也許就是因為被媽說中了，我才更加生氣。果然如我所料，媽一直無法消氣。

「感激？妳叫我向妳道謝？憑妳那幾年像老鼠尾巴般大小的薪水，就能養活父母？把我供妳吃穿住的錢拿出來！把我花在妳身上的學費拿出來！還有我那被妳而毀掉的人生也賠來！嗚嗚嗚……」

媽突然哭了起來。

「嗒！」原本靜靜聽我們吵架的父親，用力將湯匙擱在飯桌上，接著像是要把門撞壞似的「匡！」地一聲關上門走掉了。我們兩個都沒想到，聽到我們如尖刺般的話語之後，最受傷害的不是媽也不是我，而是父親。不管是指責對方無能、發牢騷說自己很累，又或者是對過往人生的悔恨，全都成了一把把匕首，刺進了父親的心底。

「貿然射出的箭」，我想起了一首知名詩作的片段，貿然，這是何等可怕又不負責任的話啊！對於神經大條到絲毫不顧慮到別人的自己，我感到既氣憤又羞愧。就在我怔怔看著父親猛力關上的門，沉浸在自己的思考時，媽跪坐在地上，將臉埋進膝蓋哭了起來。我的共犯連自己闖了什麼禍都不曉得，我為什麼老是和媽一搭一唱惹出事端來呢？我再次朝著媽大吼：

「別再哭了！我們又沒餓死！又不是小孩子了，幹嘛這樣？」

我又再一次貿然射出了傷人的箭。「像小孩子一樣」，這是感到自卑的媽最討厭的話，媽的肩膀抖動得更加厲害了。我猶豫著到底是該出去追父親，還是先安撫媽，最後還是選擇了後者。雖然一方面是因為媽沒辦法靠自己控制情緒，但另一方面也因為安撫媽比較容易。果然如我所料，一句話就讓媽鎮定了下來，晚餐也全吃完了。

父親超過半夜十二點後才回家，打開大門的聲音響起後，接著是沉重拖著腳步的聲音，這表示父親喝了酒。打開房門、關上、父親洗澡的水聲，接著又是打開和關上房門的聲音，但媽從頭到尾悄然無聲。這表示媽睡得很熟，完全不知道自己老公進出房間。有時，我覺得很羨慕媽。

隔天，媽便明目張膽地喊我無業遊民，開始嘮叨要我立刻去求職。就像我還在上班時一樣，一清早就把我叫醒。一天三次面對面坐在飯桌前的時候，在廁所或冰箱前面碰上的時候，我厚臉皮地鑽進父母房間看電視劇的時候，媽都會要我去找工作。「妳都把履歷投去哪了？不然去跳蚤市場做做看？有人幫妳介紹工作嗎？」但要靠「嗯！」敷衍過去，效果也有限。

「媽，我的事我會自己處理，我又不是兩、三歲的孩子了。雖然裁員不分時候，但徵人都是有適當時機的，現在只是時候未到罷了，所以別再問了，時候到了就會水到渠成。」

當然，我早就錯過時機了。我既沒有特殊資歷，也沒有專門技術，會有公司要我這種徒增年紀的人嗎？媽要我去找一個可以待久一點的長期飯票，不然去考個有用的證照也好，覺得我很沒出息。其實，這個年頭沒有什麼可以待很久的公司，或者是有用的證書之類的，就算有好了，我也沒有那樣的閒工夫。雖然我的工作很單純，但要處理的事情很多，因為要經手金錢流向，我必須時時繃緊神經，所以經常感到疲憊不堪。

我以為，年紀到了三十歲中段班，人生就會變得枯燥乏味。工作會如緊身服一樣，久了就會感到習慣、得心應手，結婚生子之後，人生就會再也無法回頭。我以為，人生迎來的會是穩定，或者說倦怠，可是我現在既沒工作也沒孩子，如今還得重新思考未來的出路。

可是，媽為什麼只會叫我找工作，卻不叫我趕快結婚呢？話說回來，女兒都這把歲數了，別說是替我安排相親了，媽就連一次也沒嘮叨我「妳不打算嫁人了嗎？」當然，我也不想去參加媽替我安排的相親。

「可是，媽，妳為什麼不叫我趕快嫁人？」

「妳……妳，難……難不成妳要結婚了？」

沒想到媽會慌張到結結巴巴，這又是什麼反應啊？

「如果我把結婚對象帶來，媽應該會暈過去吧？」

「什……什麼？妳真的有結婚對象？是嗎？所以才辭掉工作的嗎？」

「講話幹嘛結結巴巴？我哪有什麼結婚對象，只是隨口說說而已啦！」

即便在我否認之後，媽依然沒有平復心情，好像驚嚇遲遲未消褪般呆望前方。

更令人不快的是，媽的臉上沒有任何欣喜之色。

「可是，媽妳好像不希望我結婚的樣子。」

「也不是啦……」

媽過了好久才繼續說：

「媽一次也沒想過，有一天妳也會結婚生子。」

「這怎麼可能啊？外公他們逢年過節就會嘮叨馬妮要結婚了沒，我現在不是三十歲，而是三十六歲，過年後就是三十七歲了。」

「在媽的眼裡，妳還只是個孩子，才十歲的孩子。每次有人問起馬妮什麼時候要嫁人，其實媽的內心都在想『她要結婚還早得很呢』，沒想到一轉眼妳也到了該嫁人的年紀。」

「什麼該嫁人的年紀？是早就已經過了好嗎？韓國女人結婚的平均年齡是三十歲吧！」

仔細回想，別說是嫁人了，我連一次像樣的戀愛都沒談過。

可以稱為初戀的人，是我升上高三那年認識的錄影帶店兼職生。當然我們並沒有交往，只有幾次走在街上時，像路人般擦身而過。當時四面八方進駐了許多家大規模的錄影帶店，只要五百圓左右的便宜價格就能租到一片舊電影。反正電視和錄放影機都在主臥室，我也不怎麼喜歡看電影，所以幾乎沒有機會去租錄影帶。某一天晚上，我在學校圖書館自修完，在回家的路上突然走進錄影帶店，選了一部新影片。就在我要結帳時，在結帳臺的兼職生看著我的眼睛說：

「明天請一定要來哦！」

嗯？什麼？要我明天一定要來？這告白未免也來得太過突然……我好像臉紅了。我不知道該如何回答，所以接過錄影帶之後，愣愣地站了好一會兒。身穿天藍色 POLO 衫，將領子挺直立起的兼職生露出了微笑。

「這是最新的影片，所以請務必在明天歸還。」

「喔！好、好！」

我恭敬地點了好幾次頭，走出了錄影帶店。當時我所租的電影是《變臉》，而我超想把因害羞而變得通紅的臉撕下來。

我並沒有因此迷戀上兼職生哥哥，真的沒有，但我卻老往錄影帶店跑。因為沒有錢，我大部分挑選只要三百圓或五百圓就能租到的老舊電影。後來，哥哥對我說話時不再使用敬語，會喊我的名字，還會推薦電影給我。有一天，我在哥哥的推薦之下，租了三部導演姓名超級長又很難懂的黑白外國電影回家，結果被媽用錄影帶打個半死，罵我高三了還不讀書，只會成天看什麼錄影帶。後來是媽去還片，而我再也沒去過錄影帶店了。

直到暑假時我又去了錄影帶店，但兼職生已經換人了。真不曉得當時我的感情是否可以稱為愛，總之我每次看到他時就會心中小鹿亂撞，他喊我的名字時會心跳加速，而我很想念再也見不到的他。

至於第一次談戀愛的對象，是大學時互有好感的同學，他是個只要我很認真替他寫作業、作筆記和選課，就會說好感謝我、好愛我，真不曉得沒了我會怎麼樣，結果自己跑去打撞球、玩電玩和喝酒的無賴。他還騙我說要去當兵，甩了我。

第二任男友小我一歲，我們一起在日本料理店打工，後來他一點一點把我的錢給借走了。只要我借他錢，他就會說愛我，如果我說沒錢，他就會哭著說對不起。我自己是泥菩薩過江，自身難保，也無法一直借他錢。經過一番掙扎，我對他說，希望他可以不要再向我借錢，還有希望能歸還先前借的那些錢。結果他卻顯得很傷心，淚眼婆娑地說自己也沒借多少，說我怎能說出那樣的話來。我別無他法，將過去記錄在記事本上的日期和金額明細拿給他看，他借走的錢足有一百二十萬圓，對學生來說的確不是筆小數目。他收起了眼淚，帶著冰冷的眼神說：

「哇！原來妳是這麼可怕的人啊？妳一直都用這種方式在計算著我們的關係？我可是付出了真心耶！」

「我不是那個意思……」

「算了！好，那就到此為止吧！我覺得太可怕了，無法再和妳交往下去。」

總之我也做好了心理準備，我從背包拿出了借據和保證書。

「知道了，要分就分吧！你看一下記事本就知道，金額是一百二十萬圓，而且我還沒記錄一萬圓以下的金額。趁現在寫下借據和保證書，承諾你會還錢吧！內容我都已經印好了，你只要蓋手印就行了，你打算何時還錢？」

「哇！哇哈哈哈哈哈！哇！妳這人真的很好笑耶！根本就是神經病嘛！」

他胡亂跳來跳去，一下子落淚使出苦肉計，一下子又使出甜言蜜語攻勢，接著又試圖威脅我，最後手印沒蓋就逃跑了。哈！這傢伙也是個渾球。

還有，第三個交往對象是朋友的弟弟，比我小四歲。因為我已經是上班族，而那小子還是個學生，所以我供他吃、供他穿、督促他念書，等於是我拉拔他長大的。瞞著朋友偷偷交往帶來了刺激感，而他的心地也很善良，嗯，算是前男友之中最正常的。

某一天，在凌晨兩點的漢江邊，這場艱辛的祕密戀愛畫上了休止符。他以淚水向我道別，說對我既是感激又是抱歉，接著，他喊住了垂頭喪氣、悲慘落魄地轉過身的我。

「那個，可以給我一點計程車錢嗎？」

我並沒有說出「喂！你這渾球。」我帶著逢年過節時奶奶送孫子離去的心情，將兩張萬圓鈔票塞進他的手中。就這樣，我的戀愛在二十幾歲時全部結束了。

過了三十歲之後，我依序為了比我小六歲的足球選手、小八歲的電影演員和小我十歲的偶像歌手而瘋狂，這讓人覺得幸福多了。他們不會拒絕我，也不會向我借錢，更不會要我請他們吃飯或買衣服給他們。他們看起來總是認真生活，也過得很忙碌。在畢業之後，不管是運動、讀書或是興趣方面都好，我之所以能夠給自己訂立和實踐計畫，並獲得小小的成就，都要歸功於他們為我帶來的正面影響。

在那之後，媽也沒有問我任何關於結婚的事。的確，我又沒有結婚對象，也沒人會替我介紹男人，媽當然也就沒有名目提起這件事。但就算只是說空話，做媽的應該也會忍不住說一句：「要是真的找不到工作，就去嫁人吧！」可是媽絕對不會說這種話，就好像「結婚」這兩個字成了一種禁忌。

雖然嘴上說我是冤家、因為我而毀掉了人生，但媽其實是很喜歡我的吧？即便這句話噁心到令人起雞皮疙瘩，但這是事實。媽，是喜歡我的。因為喜歡，所以才希望我待在身邊，這樣就能一直見到我，一直住在一起。這樣的母愛確實很符合媽的風格，而我也有意為了她當個十歲的孩子，只不過，我想嫁人的念頭更為強烈。

我問媽，為什麼覺得我像十歲的孩子，媽不假思索地立刻回答：

「妳不是十歲時開始上體操學院嗎？」

好意外！體操是我和媽白費功夫與揮霍錢財的結晶體，我中斷學習體操之後，我們再也不隨便開口提起體操的事。現在媽是想表達，當年學習那一無是處的體操有什麼用嗎？

「媽真的以為我會成為體操選手嗎？」

「那當然，妳不也是嗎？」

「我還是小孩子，當然什麼都不知道，但媽是大人啊！妳真的期待我有一天成為體操選手，勇奪獎牌回來嗎？」

「這部分也有，還有覺得讓妳學體操很不錯，感覺自己盡到了做媽的本分。仔細想想，媽替妳做的也只有這件事。」

在那之後，媽仍持續煮飯給我吃，替我洗衣服，對我的嘮叨轟炸從未間斷，認真盡了做媽的本分。我是這麼認為的，不過媽所定義的標準好像不太一樣，我突然很想安慰一臉淒涼的媽媽。

「我在公司工作時發現，其實不是每個人都很會做事。當然也有些人的工作能力一流，但大部分的人頂多只會做到不給他人造成麻煩，不讓公司有所損失的程度。工作能力非常差勁的人也不少，可是那些人仍能按時領到薪水，也過得很好。媽也一樣，做得差不多就夠了，我是這樣想的。」

媽的肩膀依舊下垂著，顯得悶悶不樂。所以，我又簡短補上了一句：

「還有，媽真的是個好媽媽，如果不把最近碎唸我賺錢回來的事算進去的話。」

「所以，妳打算什麼時候去找工作？」

每天早上，媽就會嘮叨一個小時，說我怎麼能睡得這麼心安理得。我覺得要張開眼睛好困難，本來還想著能躲在溫暖的被窩裡，算是冬天被解雇之後不幸中的大幸呢！被窩是用我的體溫加熱，世界上最暖和溫馨的地方，我那熾熱的胸口能做的，竟然只有溫熱被子。我這個人好像很沒用，但好像又很有用。

發生牛排事件之後，我仍然繼續上學院，向專長是「韓國傳統舞蹈」的「有氧運動」學院院長學習「體操」。嗯，總之就是這樣。我去報名學院是為了學體操，而既然收了我當學生，院長就必須要教我，所以院長教了我體操。院長大概也翻閱了許多書籍，找了不少影片來參考吧！

學院的天花板很矮，雖然以我的身高是搆不著，不過跳躍課程因此被延後，我先開始學習平衡和旋轉練習。院長說我現在身體還不夠柔軟，肌肉也很脆弱，所以要我先從單腳旋轉開始做起。

因為只是用單腳站立在原地旋轉而已，我本來還覺得很簡單，但不知怎麼搞的，光是要單腳站穩就花了一星期以上，就更別提要旋轉了。就在我打直左腳、踮起腳尖的那一刻，發麻的感覺從腳底板開始竄起，沿著小腿肚來到大腿，痛得我邊慘叫邊在地上滾來滾去。

經過幾天的練習，我好不容易才能用左腿站立，右膝蓋往側邊彎曲，抵在左腿的膝蓋上，但瞬間我整個人就以那個姿勢向右倒。「砰！」頓時響起粗木被砍倒的聲音，右臉很快就出現瘀青，院長著急大喊著「怎麼辦、怎麼辦」，一副快哭出來的樣子。看到院長如此驚慌失措，我也無法放聲大哭，還反過來安慰院長沒關係。

接下來，我挑戰了平衡動作，院長說只要維持平衡站立就好，但這個動作也不容易。雖然整個人搖晃得很厲害，但總之我用右腳站立，左腳打直往後抬起，結果只勉強抬起了大約三十度角，院長的腿看起來好像抬了有九十度。

「抬到腰部的高度就行了。」

院長說得一副若無其事的樣子，語氣就像是在說「張開妳的手指」或是「眨眨妳的眼睛」。如果腿可以那麼輕易抬到腰際，怎麼還會有那些體操選手呢？這次果然也不容易，拉筋訓練時間變得更長了。院長乾脆把整個星期三下午的時間都撥出來給我，媽媽則準備好點心盒送到學院。在媽、院長和我三位一起努力下的結果，我總算能夠模仿出體操選手最輕易做出也最常見的阿拉貝斯和阿提丟平衡。

每當我以單腳維持平衡站立，練習讓緞帶在空中畫出圓形、八字和波紋狀時，就會覺得自己真的變成了一名體操選手。我還練習了順著手臂的動作滾球，以及讓呼拉圈在丟出去之後滾回來，但是以練習緞帶、體操棒、球、呼拉圈來說，學院的空間太窄也太矮了。我只能透過圖片學習握球、丟球和接球的方法，以及聽院長的說明，大部分練習都是一個人在家附近的空地進行。

雖然學習速度很緩慢，最後做出的動作也不是很完美，但我的體操實力確實提升了。先不論速度如何，在我的人生中，好像就只有那時期是往前邁進的，就連現在回想起來，也會忍不住莞爾。等待著轉學到有體操隊的學校，在有氧運動學院學習體操的一年期間，是我人生中的黃金時期。

其實，那也是我被大家嚴重霸凌的時候。雖然不像現在新聞上所說的，孩子功課壓力大，媽媽們拿霸凌、跑腿小弟（妹）等話題來小題大作，不過在我上小學時，這些現象的確是存在的，只不過當時沒有那種說法罷了。言語的威力很驚人，只要用嘴巴說出來就會變得具體，也會因此變本加厲。

被霸凌的過程很簡單，只要班上當老大的孩子打定主意不和那個人玩，那麼緊跟在老大後頭，沒主見的幾個孩子就會跟進。沒主見的孩子逐漸變多，最後就會變成班上大部分人都不和那個孩子玩。雖然有一、兩名孩子比較容易心軟（不是想和他玩，也不是比較善良或具有正義感），但他們深怕自己會因此被連累，所以也不敢貿然出面。

時間久了，孩子們把被霸凌的孩子痛苦的樣子當有趣，還會想盡各種辦法來折磨他。所謂的孩子就是這樣，如果不好好教導他們，他們就會根據本能做出壞事。誰會相信人性本善啊？我覺得人類打從骨子裡就是惡的存在。

也就是說，我是那個被霸凌的孩子。被霸凌的情況通常有兩種，一種是看起來很骯髒邋遢、腦袋很笨，和落後他人一大截，另一種則是太出鋒頭的類型。雖然從我自己嘴裡說出這種話還真是難為情，但我是屬於後者。

嚴格來說，我並不是真的出鋒頭，是因為我學了很像愛出鋒頭的孩子們會學的體操。媽特別拜託班導安排，讓我只上星期三早上的課和去上體操學院（雖然後來才知道是有氧運動學院），於是所有人都知道我學體操的事，我也就莫名成了被霸凌的對象。

無論孩子們怎麼欺負我，我倒是不怎麼覺得痛苦。我好歹也是個人哪！再說了，還只是個十歲的孩子，如果說自己完全不痛苦的話，那肯定是我瘋了或腦袋不正常。我雖覺得痛苦，但至少還能忍受。人就應該要有目標才行，只要心無旁騖地往前跑，就會連自己的雙腳深陷泥濘都渾然不覺。即便泥濘是如此頑固黏稠，而我依舊在原地打轉也一樣。

三年級時，我再度和惠善同班，惠善不知道在急什麼，新學期才開始不到一星期，她就收買了班上大部分的女生。交朋友或是交情變熟等說法，完全不適用惠善的人際關係。惠善會溫柔地主動接近來到新教室後顯得膽怯的同學，毫不保留地釋出好感和稱讚，在他們碰到尷尬的情況時伸出援手，之後再暗地恐嚇他們，如果離開她的身邊，她可就不會這麼友善了。她會在全班面前故意只發巧克力給交情好的人，將問卷調查筆記本或是紙條傳來傳去。不過，其實紙條上也沒寫什麼祕密。

同學們就這麼在惠善身邊打轉，他們成群結隊，主導著班上的氣氛。到了下課時間，他們會霸占教室後面的空間玩跳馬背或跳繩，讓無法加入的同學心生膽怯。老舊到不行的木地板都要被他們跳穿了，老師依然悶不吭聲，老師們也一樣，只要看到氣勢比自己更強的孩子，就不敢隨便罵他們。

惠善對我繼續學體操的事感到很不爽。

「喂！妳！體操學得怎麼樣？學很多了嗎？昨天學了什麼？」

起初，我以為她是出於好奇才問我。在她說話前面加上「喂」和「妳」時，我就應該要察覺的，她不是感到好奇，是不懷好意地在等待機會。而我卻很白目地據實以告，昨天主要學了拉筋，昨天做了平衡訓練，昨天練習呼拉圈特技，還有昨天我一個人跑到學校的平衡木練習……我很傻地認真說明每一個昨天學到的東西。

惠善每次都會撇起一邊的嘴角說：「是喔？那好好練囉！」隨即轉身走掉。看她問得這麼盡興，卻帶著一點也不好奇的表情轉過身，我反倒覺得她是真的很想知道。她大概很好奇吧？其實也有點羨慕吧？我如此想著，不禁有些洋洋得意。也許在我們一無所知地滾來滾去時，妳可能比我優秀，但現在可不一樣了。後來，我犯了個決定性的失誤，只要說自己做了很多練習就好了，我卻多嘴講了沒必要的話。

「我現在就算閉上眼睛，也可以走過平衡木。」

惠善驀然睜大了眼睛。

「是喔？那今天放學之後到體育館來吧！讓我見識妳那了不起的實力。」

這應該可以稱得上是電影《放學後屋頂見》的十歲版吧？冷汗沿著背脊流下，我在上課時一直在苦惱該不該去體育館。

這項提議對惠善來說沒有任何損失，要是我整個人在平衡木上滑倒的話，她肯定會時不時就拿這件事來取笑我，而假如我辦到了，她也不會覺得這有多了不起。可是如果我沒有去體育館呢？那麼她又會拿這件事來找碴吧？雖然一時無法做出判斷，但我對惠善多少還是有些了解的。她其實很小心翼翼，膽子也很小，是遇強則弱、遇弱則強的典型卑鄙性格。方法只有一個——帥氣地走過平衡木，一舉滅掉她的銳氣。

體育館內約莫有二十位籃球社團員正在接受熱血的訓練，一根龐大的平衡木安靜地在角落等待著我，也不知道是誰從倉庫裡拿出來，又是怎麼搬運的。惠善和她那些忠心耿耿的小跟班，擺出青春電視劇開場會有的姿勢，並肩坐在平衡木上，搖晃身體撞擊彼此的肩膀，用很誇張的表情大笑著。

籃球社的男生們丟著比自己的腦袋更大的籃球，同時視線不停往平衡木的方向飄，好像很好奇發生了什麼事。我早就料到會有好幾個女生一起行動，也做好了心理準備，卻沒想到觀眾會有這麼多。啊！我完了。

「喂！高馬妮！」

見我站在體育館門口躊躇不前，惠善大聲喊了我的名字。那時我心想，已經無法回頭了。為什麼會有那種念頭呢？明明那時都還能全身而退，只要轉身逃跑就行了。我跨出了猶豫不決的步伐，最後來到平衡木前面。

「好，用這個遮住眼睛吧！」

我原本打算瞇著眼睛走平衡木，但惠善不知從哪裡找來了長度和寬度正好適合用來當眼罩的髮帶。我帶著不甘願的心情和顫抖的手接下髮帶，頓時有種莫名的陰涼感。

奇怪，這涼颼颼的、空虛的、安靜無聲的感覺是怎麼回事？沒錯，四周變安靜了。原本籃球彈跳的聲響，在天花板很高的體育館內造成了嗡嗡的回聲，現在卻停止了，空氣變得好安靜也好尷尬。我嚇得頭往後看，發現有好幾個人手裡握著球看著我們，有幾個人則帶著掩不住好奇心的表情，朝著平衡木的方向走來。那時，籃球社的教練坐在體育館角落的椅子上，朝著我們問道：

「妳們在那裡做什麼？」

惠善既沒有驚慌失措也沒有心生膽怯，大聲回答：

「她是體操選手，說要把眼睛遮住，走平衡木給我們看，所以我們來湊熱鬧。」

喂！我可沒有說要表現給大家看，是妳叫我試一次的！

「搞什麼嘛！」

教練坐著椅子上的身體搖搖晃晃的，也不知道有沒有在看籃球社練習，或者根本是在打瞌睡，但現在幹嘛跑來管別人的事啊？教練鬆開交叉的雙臂，壓在膝蓋上頭，以非常緩慢的速度起身，朝我們這邊走來。

「等一下！妳們停下來！」

教練大概是要勸阻這樣很危險吧！我差點就要大聲歡呼了。籃球社教練從來都只穿一身運動服，他會透過門牙縫朝體育館的地板噴出口水，用腳上的運動鞋用力捻幾下，在孩子們又坐又躺，還有趴著做暖身的地板上，蓋下有著運動鞋底紋路的口水。

我很討厭這種教練，而且聽說他打籃球社的隊員打得很兇。說起我們學校的籃球社，可是在全國比賽所向無敵的呢！可見得他們被打得多慘，又有多麼不想被打。可是，那討人厭的教練今天卻要來當我的救世主了，在他慢悠悠地走來時，我如此想道：「教練，真抱歉我誤會了您。」

拖著蹣跚的腳步，終於來到平衡木前面的教練說：

「也讓我見識一下吧！」

原先還不敢明目張膽的籃球社同學們頓時一窩蜂湧上，那當然啦！討人厭的傢伙就只會做討人厭的事。我打從一開始就討厭這個教練！真的超討厭！一定是因為這樣才討厭他的！這下子我無路可退了。我一定會神氣地平穩走過平衡木，接受籃球社的隊員拍手喝采，而惠善也將不得不認可我的實力，也許這反倒是件好事。

我將髮帶前後轉動，檢查中間是否有縫隙，而惠善走過來說了一聲：「我來幫妳。」她細心地遮住我的眼睛，在我的耳邊說了句悄悄話：

「馬妮，加油！」

惠善的聲音竄入耳朵之後，瞬間連同脖子、肩膀和腋下都起了雞皮疙瘩。啊！我好不容易才穩住心情，這下子全毀了，這臭丫頭。

我深吸了口氣，稍微思考了一下，究竟該用雙手慢慢摸索著爬上去，還是助跑之後輕盈地跳上去。無論樣子看起來如何，總之我非成功不可。我用雙手摸了摸平衡木，推估它的長、寬、高，很沒氣勢地先將腹部捲上去，兩腳在空中來回晃動，再利用反彈的力量瞬間抬起右腳，攀上平衡木。在全身不停顫抖的狀態下，好不容易爬上平衡木，身體搖搖晃晃地穩住重心。

「哈哈！」我聽到了笑聲。我獨自練習時，經常在爬上平衡木後閉上眼睛。惠善，這可惡的丫頭，我只說我能閉著眼睛走平衡木，可沒說我能閉著眼睛爬上平衡木啊！

我瞬間恍神了一下，感覺體內的所有水分好像都在搖晃，因為眼前什麼都看不到，我開始覺得天旋地轉。在爬上平衡木時消耗太多能量了，我在跨出第一步的瞬間，精彩地滑了一跤墜落。

最先笑出來的人是惠善，之後女生們也開始竊竊偷笑，男生們則是想笑又不敢笑得太張狂。

「搞什麼嘛！真無趣。」

教練插嘴評論完後，大家開始放聲大笑，體育館內響起了數十人的響亮笑聲。我連眼罩都來不及拿掉就跑了出去，結果和因為遲到而慌張趕來的籃球社隊員撞個正著，摔倒在地面上打滾。真是禍不單行，我被那個男生的手肘一撞之後，頓時多了顆熊貓眼。

從第二天開始，惠善就衝著我喊「金雞獨立」。雖然我不知道那究竟是什麼意思，也不知道是打哪兒來的，但總之讓人聽了很不爽。每次經過我身旁，她就會喊「金雞獨立」、「金雞獨立」，後來其他孩子也跟著這樣喊。儘管如此，過去我們的交情就和死黨差不多。腦海中隱約浮現了與惠善的回憶，像是被惠善的腿踢中後流了鼻血，惠善說香港奶奶很可怕，於是我送她回家，還有惠善把手電筒交到我的手中……可是，惠善和其他孩子組成小圈圈對我視而不見還不滿足，現在還變本加厲地把我當成笑柄，讓我對惠善好失望。

我認為人和人之間要「講義氣」，我指的不是用拳頭來解決事情，而是如果和某個人締結緣分，那麼至少要有相對應的信賴、禮儀和體諒。也就是說，對於一星期會見上三次的有氧運動學院院長，我會展現大約七分之三的真心；對於每天放學時會遇見的鯛魚燒大嬸，即便我沒有向她買鯛魚燒，也會用眼神示意打聲招呼；對於在我的人生中蹭了最多時間的媽媽，我會遵守一輩子的義氣。

二年級時一直和我手牽手去上學的惠善，至少在那之後的一年都不該放掉我的手，更何況我們不是懷抱相同的夢想，一起度過了苦不堪言、寒風刺骨的冬天嗎？惠善真的很不講義氣。

無論大家怎麼取笑我是金雞獨立，我都不為所動，於是大家就開始欺負我了。這一次又是惠善和那群小跟班主導，在我上臺報告完之後，突然拉開我的椅子是最基本的，接下來是在走廊上伸出腳來絆倒我，偷偷拉下我的體育褲和在我背上貼奇怪的紙條……等。他們欺負我的方法非常老套，就連我講起來都覺得丟人。惠善不僅不講義氣，還很沒創意。儘管如此，我仍堅強地撐了下來，也沒有向老師打小報告，這或許是我講義氣的一種方式吧！

後來，猶如位於南太平洋中央深處的火山口般悶不吭聲的我，因為惠善微不足道的一句話而爆發了。當時我去了一趟廁所回來，而惠善在人潮眾多的走廊上偷掀我的裙子，還喊了一聲：「眼睛吃冰淇淋囉！」

我一聲不吭地把裙子脫了下來，惠善則是咂嘴嘟囔道：「唉唷！真不好玩。」

那句話讓我的忍耐到了極限。好玩？妳竟然說好玩！假如妳直說羨慕我；說我明明都做不好，卻到處宣傳自己在學體操很可笑；說跩個二五八萬的我，看起來很倒胃口的話，我反倒還會心生愧疚。可是妳卻說不好玩？也就是說，只是為了好玩，才千方百計地折磨我。

我衝著惠善朝走廊盡頭走去的背影，以足以響遍全校的音量大吼：

「喂！金惠善！」

惠善的身影先在轉角消失不見，接著她又探出了頭。

「喂！妳是在叫我嗎？」

「對，金惠善，妳給我站住！」

我沿著走廊大步流星地走向惠善。每當我的步伐「咚」、「咚」踩下時，走廊上的老舊木地板便發出「嘎嘰」、「嘎嘰」的聲音。惠善露出不知道是內心受傷、受到驚嚇，抑或是心生膽怯的表情，真的老老實實地站在那裡。直到兩人的距離近到我能搧她耳光，我才總算停下腳步，惠善嚇得往後退了一步。

「妳知道柯曼妮奇嗎？」

我的嘴巴突然冒出了意想不到的名字，我到底為什麼要講這種事啊？感覺我的嘴巴和腦袋好像是分開運作的，就像我在體操聚會的孩子們面前痛哭失聲時一樣。

「妳怎麼可能知道？妳知道蒙特婁奧運的英雄嗎？妳知道我是什麼人嗎？嗚……知道我為什麼叫做高馬妮嗎？嗚嗚嗚……知道我的名字為什麼，嗚……這麼奇怪，就連妳第一次聽到我的名字時，嗚嗚……都還問了三次。我是高馬妮，柯曼妮奇是柯曼妮奇，我呢！是柯曼妮奇投胎轉世的！哇啊啊啊……」

在一陣大哭大叫後，我像是昏厥般跌坐在地上。惠善吃驚地張大嘴巴，就好像真的下巴脫臼了一樣，整個人凍結在原地。後來她就再也沒取笑我了，當然她也不跟我玩就是了。當時惠善知道我在說什麼嗎？我邊抽搭邊說的話，她大概就連一半也沒聽懂吧！只是被那股氣勢給瞬間震懾住而已。

最不像話的是，我不知道那時柯曼妮奇還活著。為什麼我會理所當然地認為她過世了呢？後來，柯曼妮奇還生龍活虎地拜訪了韓國三次。要是柯曼妮奇知道這件事的話，八成會嚇得昏過去。不管怎麼樣，我在認定自己是柯曼妮奇投胎轉世的同時，度過了驚險萬分卻又幸福洋溢的時光。

老往高處爬的人們

九七年的夏天，無論是進行都更或興建大樓，進度都停滯不前。S大樓對面那一帶，突然貼上了都更告示。前面的社區是開發受限區域，而所謂的開發限制並不單指挖地或蓋建物，連安裝大門、修理廁所等事，屋主都不能隨心所欲，房子也因此變得老舊頹圮。門把上沾有穢物的汙穢公廁位於巷弄的一角，至今也仍有燒蜂窩煤磚來暖屋子，使用暖爐或燒木柴的人家。大街小巷堆滿了瓦斯桶，看起來險象環生。除了有能遮雨的屋頂與可以進出的門之外，實在無法稱它們為人居住的房子。

「要是一個不小心，我可能就會完蛋。」每當經過那附近，這樣的想法總在腦海中揮之不去。要是它滿出來就完了，要是它倒了就完了，要是發生爆炸就完了，要是起火的話，那就真的完蛋了！

有一次，某位爺爺因為瓦斯漏氣而暈倒了，但那裡的路本來就狹窄又複雜，救護車無法開進來，為此吃足了苦頭。還有一次，菸蒂上頭的小小火苗，造成四間連在一起的房子全數燒毀，還有人因此而死亡。家家戶戶緊挨在一起，加上又有許多木造建築，火勢在瞬間變得一發不可收拾。不過，至少還得慶幸沒有發生瓦斯桶爆炸，要是瓦斯桶接二連三爆炸的話，附近一帶真的會被夷成平地。

決定進行都更之前，某個時事揭露的節目報導了前面的社區。我不太記得整集的主題是什麼，不過前面社區的內容，講的是居民住在開發受限區的難處。身為居民代表的大叔高聲喊著這是侵害人權，要求讓大家活得像個人，好歹讓屋主能夠進行整修。

那個大叔給人的第一印象真的很糟，但是說起話來可真中聽。居民代表叔叔上小學的兒子正要準備上學，全程都低著頭，用手遮住了臉蛋。五個家庭，總共十九人使用的公廁前，有二十人以上在排隊等著上廁所，他們必須蹲在傳統廚房裡，用瓦斯燒出來的水洗臉。採訪團隊詢問哪件事讓他們感到最不方便，結果孩子最後哭了出來。

「我們班同學看到這個的話會笑我，可以不要再拍我了嗎？」

雖然就住在前面，但還真不曉得他們活得這麼淒慘，就連我也不自覺地說出「好慘」、「好可憐」，在旁邊和我一起看電視的媽媽則是放聲嘲笑。當然，以我們的處境來看，也沒資格去可憐別人，不過所謂的人心，不就是會和他人做比較，然後為自己的處境合理化嗎？

「媽在這種時候真的很沒人情味。」

「妳在這種時候真的很狀況外，看了還不懂嗎？妳覺得他為什麼會又哭又鬧，說覺得很丟臉？」

這個嘛……當然是因為媽媽在做飯的地方洗臉的樣子很淒涼，在可以清楚看到排泄物的骯髒公廁上大號很丟臉啊！話說回來，廁所是由誰清理的？五個家庭輪流嗎？就連我們一家三口用的廁所都髒到不行，更何況是公共廁所……啊，光用想的就覺得好可怕。

其他事我都能大而化之，但我對廁所方面很敏感，所以很少在外面上廁所，尤以設在公園等地方，「任何人」都可以使用的移動式公廁是最糟的。我正在思考有關廁所的清潔與生活品質的問題，媽突然發出了嘖嘖聲。

「妳這傻子，那是因為他平常不是這樣生活的。」

「嗯？」

「我是說，那個居民代表晚年才生的兒子，平常才不是那樣過的。妳看好了，他看起來有多尷尬不自在。那個廚房不是他們家的廚房，是住門房那個人的廚房；還有那個骯髒的廁所，也只有租屋的人會去上。屋主自己家裡都有廁所，就算政府怎麼極力說不能整修，他們還是暗地偷拆偷修了。雖然說起來還是很委屈，生活上也有很多不便，但如果這樣就大哭大鬧，真正那樣過活的人做何感想？」

我頓時覺得後腦杓好像被重重打了一下。仔細想想，鏡頭並沒有拍到大門內，說窗戶關不上或天花板有漏水的訪談，也都是在院子的水槽進行的。媽朝著啞口無言的我說了更驚人的話。

「那個人還有好幾輛車，他是從事中古車買賣的，所以會把開過的車拿去賣，然後再把要賣的車拿來開。」

「那他為什麼要在鏡頭前說謊？」

「當然是希望可以趕快解除都市綠化區的限制，要求政府都更啊！要是能有棟大廈進駐，就連那不值錢的房子都能變成黃金。」

「真的嗎？媽怎麼會知道這種事？」

「媽當然都知道啦！在這鼻屎般大小的社區，哪有大家不知道的事？妳看媽有哪一次說錯了？妳看善卿她啊！我不是說她是先上車後補票嗎？結果她六個月就生了。還有美容院的夫妻不是離婚了？我就說是有外遇了嘛！」

我突然覺得很好奇。

「那我們家有什麼八卦？」

媽直勾勾地盯著我，回答：

「說我們家女兒是個搗蛋鬼！」

不管我是不是搗蛋鬼，總之對面社區的開發限制解除了。都更計畫很具體，施工單位決定好了，補償和搬遷計畫也都擬妥了，準備要進入拆除程序，速度可說是一日千里。聽說居民代表本來就很能說善道，很有手腕。這都是媽說的，當然，媽大概也是從某個地方聽來的。我忍不住問，興建大樓和能說善道以及手腕有什麼關係，結果媽說天底下的事就是這樣運作的，接著又說了一次「妳真的很狀況外」。

可是此時卻發生了令人無法理解的事。看似馬上要被夷為平地的對面社區，出現了無法讓人住的木板房和不知用途的溫室，莫名其妙地種起一堆辣椒。屋主趕緊將房客趕了出去，把嫁出去的女兒、叔叔、阿姨和親家母的戶籍全遷到自己家。

這個舉動是為了拿到補償金，金額雖有不同，但每個戶籍在這裡的人都能拿到補償金，土地和上頭的建築物能拿到補償金，家裡種有農作物也能拿到補償金，存在的價值取決於有沒有補償金以及金額大小。

我把對面發生的怪事當成好戲在看，媽的內心則是燃燒著不知是欣羡或憤怒的情緒，罵前面社區的居民和居民代表「說謊不用打草稿」。受到都市綠化區的限制時，他們大言不慚地到處說房子都快坍塌了，現在卻蓋假房子、假裝種辣椒，滿嘴謊言。

「他們怎麼不乾脆假裝蓋大樓？」

「這件事跟媽又沒關係，為什麼要這麼生氣？」

「他們也曾一無所有、吃過苦頭，卻不懂得飲水思源，心腸這麼壞，他們的嘴臉實在太難看了。」

其實生活艱苦的人要比別人心腸更壞，在經過生活上的各種碰撞之後，人並沒有因此變得圓滑，反倒身上充滿了尖刺。唯有用盡各種違法、非法和不道德的手段才能擺脫苦難，只有發瘋的人才會想正直善良地走在荊棘滿布的道路上。

這一千多戶各有苦衷，其中又有想法各自不同的數千個人，要考慮到那麼多人的立場，並訂立補償標準肯定不容易。有許多人放棄了，還有更多的人依據現實考量，選擇了自己所能擁有的最大利益。

在補償程序即將告一段落之際，仍有一些人到最後都無法離去，他們是連個棲身之地都沒有的租屋族。除了這個首爾最貧窮、房價最便宜，而且保證金最低，當然房租也最便宜的這個地方之外，在首爾的周圍一帶找不到類似的房子。雖然不曉得搬家費用是如何估算的，但無論是要搬家或找另覓住處都遠遠不夠。

沒有人替他們發聲，過去大家一樣窮，是屋主還是房客沒有太大分別。他們去相同的市場，一起外出做生意，搭乘相同的公車，在相同的店鋪買相同的菜，然後提著相同的黑色塑膠袋回家。但是，如今一切改變了。只是擁有那間屋子，就能讓屋主變得大搖大擺起來。在金錢的面前，人變得何其殘忍。

到了夜晚，前面社區亮起了幾盞微弱的燈光。拆除房屋的人，與因為屋子非常殘破不堪而想搬出去，卻沒有能力負荷的人爭論不休。一方在嚴冬停掉了瓦斯和電力，把窗戶全都打破，大聲嚷嚷要另一方滾出去；另一方的人則是在沒有瓦斯和電力，就連窗戶也沒有的處境下，頑強地撐過了冬季。要是有人趁半夜用紅色油漆在牆上寫「快滾出去」，或是其他令人不忍直視的噁心和低俗話語，那麼剩下的人也會用紅色油漆寫下「死也不肯」，接著寫下更狠的下流話。

這場仗，終究是要求另一方搬出去的人贏了，因為拆除作業開始進行了。他們故意灌那些操作挖土機的司機酒，讓他們在神智不清的狀態下闖下禍，不管眼前是有人還是有狗，拆除作業照樣進行。在挖土機真的粉碎巷口的木板房時，在薄薄的玻璃窗如一陣密雨般嘩啦嘩啦碎裂時，在大門旁的狗屋化為一張皺紙時，剩下的人和老鼠一塊兒魂飛魄散地跑了出來。

通往前面社區的地鐵出口也被木板堵住了，走進地鐵時，仍有無數木板房一個接一個被拆除。直到那時，大家仍繼續用紅色油漆在牆上塗塗寫寫，就連牆面都找不到任何空隙。「禁止拆除」、「滾開」、「別趕我們出去」、「這裡還有人」……這些話看得讓人有罪惡感，心情不住往下沉。這裡，還有，人。一直都是這樣，一直都有人在，卻無人在乎。地鐵在施工時，有一個和我同年的中國僑胞去當工人，結果被倒下的柱子壓住失蹤了。八成死了吧！屍體找到了嗎？

我茫然地想著，原來如果我們社區也開始進行所謂的都更，就會發生像前面社區那種事啊！鋼筋和木板如雨後春筍般立起的前面社區和S大樓互相較勁著，看誰才是首爾市指定凶宅一號。

站在大馬路時，如果頭往右邊轉，就會看到修補痕跡的部分比完好的牆面更多、呈現傾斜狀態的S大樓；如果頭往左邊轉，則會看到在逐漸坍榻的住家之間，有著不知誰看過的報紙在地面上淒涼地滾動。光是為了討生活都來不及了，誰還看報紙啊？肯定是免費取閱的吧！

還有，當時的我年紀還小，新聞上也沒有報導，所以我並不曉得，在如今華麗的高樓大廈矗立的無數位置上，曾經有人傷亡的事。說好要給令屋主滿意的大樓，讓房客住在租賃大樓，還有在施工期間準備臨時住處的那些人一再爽約，但很莫名的是，卻只有被毀約的這些人在起內鬨。無法衡量起源、淵遠流長的人生基地瞬間成了一座廢墟，而在廢墟之間建起了樓臺，樓臺是如此高聳，爬上那個地方的，總是內心最為迫切的那些人。

有些人老是往高處走，往樓臺、往屋頂、往鐵塔、往煙囪……當無數符合常識與不合乎常識的呼喊終究沒有被接受，他們於是選擇將自己孤立在高空中。他們曉得那個地方有多令人焦躁不安，又有多岌岌可危，也正因為非常了解，因此只能將自己囚禁在裡頭。儘管如此，世界依然沒有傾聽他們，沒有為他們擔憂，替他們感到不安，世界，失去了感同身受的能力。

樓臺足足有十八公尺高，約莫等於即將進駐的大樓的七樓高度。有八個家庭決定不離開家園，他們的家人輪流在樓臺看守，在斷水斷電的情況下接雨水苦撐著。在某個就連夜晚都無法入睡的炎夏午後，樓臺的一樓起火了。火苗瞬間覆蓋了整個樓臺，而樓臺上的居民從十八公尺高、足有七層大樓的高度跳了下來。他們摔斷了腰桿、四肢和骨盆，全身傷痕累累地被抬走，一名被送往醫院的人不治身亡，那是一個生下一對兄妹、三十五歲的年輕媽媽。

即便有人傷亡，也沒人站出來負起責任。究竟責任應該歸屬給誰呢？屋主嗎？公會嗎？在拆除公司底下工作，負責放火的年輕職員？能向他們所有人興師問罪嗎？又或者，應該說整起事件沒有任何責任嗎？對我們來說呢？對我來說呢？

二〇一五年，S洞終於也開始進行都更了。在幾個月內，大家選出了新的公會長，取代因收賄而被收押的前任公會長，成立了公會組織，進入評選施工單位的程序。施工單位由居民或公會任一方來決定，之後大樓就由該施工單位來興建。

既然我失業了，所以每天早上只要繼續睡我的大頭覺就行了。房間冷得剛剛好，棉被也暖得剛剛好，我將棉被蓋到頭頂上，身體朝一邊滾動，深深埋進被窩裡。就在我即將從夢鄉中笑醒之際，媽猛然把整條棉被徹底從我身上掀開，朝著我大喊：

「起來去投票了。」

投票？看來我在家過得太爽，就連選舉日也忘得一乾二淨。如果我還在公司上班的話，早在一個月前就開始期待放假了吧！

「投什麼票？又要選國會議員嗎？還是首爾市市長？」

「比那些重要一百倍的投票，去選大樓吧！一定要投一號。」

之前選國會議員時，媽也說逼迫我「一定」要投幾號，我對此覺得很反感，所以故意投了其他候選人，結果媽說一定要投的那位候選人當上了國會議員。媽說，雖然不曉得為什麼會出現大樓票選活動，不過不管我投幾號，或者有沒有去投票，一號大樓都會當選。

「聽說要用投票決定讓哪一家廠商來建大樓，嗯！也就是說我們按照選總統的方式投票的話，就會由那家廠商來施工，每間廠商都吵著要叫大家投他們。反正妳在家也沒事，就去投個票吧！那邊還有準備吃的。」

「媽不是說，女兒都長這麼大了還不務正業，叫我別到外面丟人現眼嗎？為什麼要叫我去那種地方？」

「反正妳在家也一樣丟臉，廢話少說，跟我一起去！」

沒想到我這輩子會有為了票選大樓而去投票所的一天。過去我投了兩次總統選舉，還有一次是國會議員。第一次有機會可以投總統時，我和朋友去旅行了，我就是這麼不懂事。後來一次總統選舉時投了票，國會議員選舉時也投了票。之後還有幾次市場選舉、缺額補選、教育局長選舉，但我沒去投票，直接拿來睡覺了。雖然我嘴上說感覺這些事不怎麼重要，但其實是因為過去有兩次選舉，我投的人都沒有當選。我好像可以體會運動迷說自己應援的隊伍一定會輸掉，所以乾脆不去看比賽的心情了。

後來，我在電視上看到從學生時代就非常尊敬，甚至買他的著作、捐款給他的前國會議員兼律師，他在幾次落選之後宣布要退出政壇。那是在總統選舉前夕，而他在某個候選人的造勢現場跳舞。我看著曾經備受自己尊敬，已經離開政治圈的人，如今頭髮花白，頭上綁著寫有他人名字的布條，手上舉著牌子，笑嘻嘻地跳著舞，心情覺得很奇怪，原來他還沒有放棄啊……

雖然我投的人有兩次當選，但身為小人物的我，人生沒有發生太大變化。又或者因為我是小人物，所以發生的改變若有似無。人生會在意外的契機迎來轉捩點，毫無關聯的事情之間有無形的扣環，就像巴西的蝴蝶振動翅膀，能在德州引起龍捲風；又或是像撓抓右邊腋下時，左邊手肘會感到發麻。所以，我去了投票所，而這次我投的候選人又沒有當選。看著我並未投票支持的新總統就任的新聞，想起先前帶著稍許激動的心情投下的選票，如今已成了毫無意義的廢紙。我想像著它被工整地折成一半，輕輕振翅飛走的模樣，等待它即將帶來的龍捲風。

我決定要去票選大樓的投票所，儘管我最終沒能住在那棟大樓裡，但也許此時我的一票會猶如迴力鏢，轉著轉著就飛到我身邊，絕對不是因為媽一直對我碎碎唸的緣故。

廂型車在S大樓的後門等著，班長大嬸一直在車門前招手示意我們趕快過去，媽則是連聲喊著：「等一下！等一下！」並拉住了我的手。九人座的廂型車內已經有一名司機和八位大嬸，空間擠到令人懷疑我們是否真的能搭上那輛車。

「反正小姐很瘦嘛！」

班長大嬸說地點不遠沒關係，把我硬塞進除了司機之外已經坐了兩個人的前座，我都還不及開口拒絕就已經被推上了車。一位奶奶坐在等於是扶手的中央置物箱上，還有一個我這輩子親眼看過最瘦的大嬸，坐在副駕駛座上。奶奶整個人縮在窄小的置物箱上，大嬸則是盡可能將屁股貼到左邊，讓出空間給我。我們在短暫的幾秒內尷尬地用眼神打了一下招呼，接著一起共享一個座位。

「要出發囉！」

班長大嬸把媽塞進最後面的座位後，一面喊著「唉唷」、「唉唷」，一面搭上了車。吃力把車門關上之後，又像早期的車掌小姐般敲了車窗兩下，催促司機出發。司機從頭到尾都沒有說話，他看著我們清了清喉嚨，啟動了車子，然後不經意地朝著前座說了一句：

「請繫好安全帶。」

該死，我和大嬸還得彎著腰一起繫安全帶。我們兩人被安全帶綁著，宛如雙胞胎般緊貼著。那該死的班長大嬸說什麼「地點不遠」，根本是惡魔的甜言蜜語，車子在完全沒有塞車的馬路上跑了超過十五分鐘，坐起來像有五、六個小時那麼久。

廂型車停在教會前面，公會的辦公室很狹窄，沒有合適的空間，所以向教會借用場地。雖然教會的距離有點遠，不過我也來過幾次。在我非常小的時候，因為聽說這裡會贈送禮物，所以跟著班上同學跑來，結果只拿到兩顆糖。高中時又聽說這裡有個很帥的哥哥，又跟著班上同學跑來，結果我們差點絕交。

儘管如此，我對教會的印象很好。這個教會的信徒不多，沒有蓋什麼氣派壯觀的建築，也沒有立起彷彿要吸取全天下的閃電般巨大的十字架，只是用紅磚蓋起低調沉穩的教會。因為附近的人都是走路上教會，所以不會因為禮拜天就引起交通壅塞或將停車場蓋在馬路上。

上了年紀的牧師說，自己沒有壯大教會的野心，也沒有打算要拿捐獻來蓋新的建築物，只是希望能讓貧窮社區的居民在心靈上富足。聖誕節時，牧師還會在每個窗戶上掛上閃閃發亮的燈泡，溫暖每一位路人的心。可是，牧師為什麼做這種事……啊，主啊！

打開車門，我們彷彿彈簧彈出般被丟了出來。一下車就看到「非施工相關人員，請站在五十公尺外」的布條不自然地飄揚著，而下面是一群身穿制服的年輕小姐如喪屍般撲上來。建設公司的小幫手好像比居民更多，她們穿著帽子四周有著蓬鬆假毛的厚羽絨外套，下身穿著看起來很不搭、長度在膝蓋以上的白色短裙，頭髮則像空姐一樣綁成端莊的包包頭，看起來都像同一個人，就連口紅都是鮮豔的紅色。

從廂型車下車後到教會，徒步不到十分鐘的距離卻擠得水洩不通，想要好好走路都沒辦法。到處都是看起來差不多的人，以差不多的嗓音，說著差不多的話。

「哎喲!媽媽，真是辛苦您跑這一趟。」

「媽媽，等會見喲!別忘了喔！」

「媽媽，一號！一號！」

小幫手親暱地挽著每個人的胳膊，連聲喊著「媽媽」。挽著我的胳膊的小幫手身上散發出化妝品清涼的香氣，我把她的手拉開，畏畏縮縮地說：

「我不是媽媽耶……」

最近老是有人衝著我喊媽媽，而不是大嬸，偶爾，百貨公司的專櫃人員或計程車司機還會喊我「夫人」。

「夫人看起來真像一位小姐呢！」聽到這種話時，我究竟該做何反應？雖然我也知道我確實到了被那樣叫的年紀，但其實不管是媽媽或夫人，這些稱呼都和年齡無關。那些是以關係為基礎而創造出來的說法，代表某人的媽媽和妻子。就算有了點年紀，也不代表都有子女或老公，就算有好了，也應該用跟那人有關的稱呼，而不是非得和子女或丈夫扯上關係吧？就像大家都會稱呼有點年紀的男人為大哥、老師、老闆之類的。

班長大嬸再次拉著同行的鄰居大嬸的手，一邊擠眉弄眼，一邊在對方的手心上寫數字一。

「懂吧？嗯？拜託了！」

大嬸一手高舉食指晃動著，另一手則忙碌地按手機，班長果然不是每個人都能當。在每個人都忙得焦頭爛額時，還有人吵起架來。有位大叔身旁已經站了一位某家建設公司的小幫手，結果其他公司的小幫手又貼了過來，就連那些中年男職員也加入了戰局。

「做事光明磊落一點好嗎！」

「是誰先搶別人的會員啊？」

「別人的會員？什麼別人的會員？這位先生怎麼會是你們的會員？」

他們越吵越大聲，最後連難聽的髒話都出籠了。即便如此，小幫手還是分別挽住大叔的胳膊，誰也不肯放手。被年輕的小姐拉來拉去，大叔的臉上倒是笑容滿面。總之，男人就是這樣。

建設公司的員工、居民和公會相關人士擠成一團，在教會前面大吵大鬧，巡邏的警車響起警笛聲，經過了好幾次。

「喂！那邊的先生，快到人行道上，這些人想要惹事生非！現在居民已經報警了，要是再這樣鬧下去，只能當成現行犯全部帶走！」

雖然這種威脅聽起來很瞎，講話口氣又讓人很不爽，但大家倒是都乖乖走上了人行道，也降低了音量。當然這只是暫時的，等到巡邏車一過，教會前面隨即又變成災難現場。

聽說這不是正式的大會，而是針對大會當天無法參加的人所進行的事前投票。

「我們大會那天很忙嗎？我們兩個又沒事要做，幹嘛參加事前投票？」

聽到我的話後，媽連忙把嘴巴湊到我的耳朵旁，稍微張開的嘴唇連動都沒動，熟練地展現了腹語術。

「今天投就對了，才會有好康的。」

我和媽並肩坐在一起，等了好像有三十分鐘左右。各建設公司播放了宣傳影片，進行了簡單的選舉遊說。教會裡只有小臺的舊式電視，所以在牆壁上貼著一張全開的紙代替銀幕，拉上窗簾後，室內變暗了，投影機將影片投影到牆面上。

宣傳影片比想像中出色，畫質佳，具有影像美感，設定為背景音樂的老式流行歌曲也不錯。當然啦！內容都很令人無言，影片把現在根本不存在於我們社區、用電腦特效做出的S洞虛擬影像當成背景，而擁有低沉雄偉嗓音的配音員，訴說著像是公司前景或經營哲學之類的內容，詞彙艱澀，句子又很冗長。

反正這部分都半斤八兩，而且公司前景是他們內部的事，和我們也沒關係，所以我並沒有認真聽。後面才是重頭戲，是披露其他建設公司過去在重建與都更事業中，幹了多少不光彩的事，用什麼方式誇大工程費用、不遵守諾言和敲詐公會會員的內容。

我在看第一個影片時受到了衝擊，也有一點遭到背叛的感覺，但看到差不多的內容出現三次之後，我才明白「啊！原來他們是想同歸於盡！」默默地點起頭來。在播放影片時，喝倒采與拍手的聲音不絕於耳，不只是建設公司的員工，就連公會會員也分成了好幾個派系。

最後，每間建設公司有一分鐘的發言時間。負責主持的公會會長說，要是超過一分鐘，就會把麥克風關掉。第一間建設公司在一分鐘內發言完畢，第二間建設公司超過了一分鐘，話只講了一半；第三間建設公司則是在超過一分鐘、麥克風被關掉之後，繼續高聲喊著準備好的臺詞，直到其他建設公司發出冷嘲熱諷後，那人才終於閉上了嘴巴。

投票終於開始了，但只有住宅持有人的公會會員可以投票。也就是說，每一戶人家只有一票。媽說，真不該帶我出來丟人現眼，莫名其妙地責怪起睡到一半被挖起來的我，然後將不知道何時偷拿出來的父親的身分證交給我，要我去投一號。

「媽，妳相信我嗎？如果我沒投一號的話怎麼辦？」

「不要胡說八道，妳就是要投一號。」

我將手肘靠在高度及腰部的書桌上，彷彿被迷惑般在一號上頭蓋了章，媽可真有本事啊！選票上頭的紅色印泥蓋得清清楚楚，在未經塗布的粗糙紙張上，印泥緩緩擴散開來，彷彿被放進透明玻璃杯的地瓜根莖逐漸生長一般，我整個人放空看著這幅景象。

等等，我現在在這裡做什麼？頓時覺得自己好淒涼。啊！我的人生。此時，有人在我後頭拍了拍我的屁股。

「在做什麼？是把這當妳家了嗎？趕快出來！後面的人還等著呢！」

我不自覺地張開嘴巴發著呆，然後瞬間清醒過來。我將選票輕輕折起來，以避免印泥沾到另一邊，走出了投票所。我難為情地低下頭，一位和媽年紀相仿、看來有些眼熟的大嬸用宏亮的聲音說道：

「就連年輕小姐都來了呢！又不是什麼多了不起的事，怎麼投這麼久？以為是在選總統喔？」

瞬間所有人都探頭出來朝我這邊看，甚至有人噗哧笑了出來，丟臉死了。媽的臉頰慢慢泛起紅暈，她咬著下唇並瞪了我一眼，接著裝成不認識我的樣子，尷尬地環視四周，還笑得非常誇張，臉上帶著「就是啊！這小姐真好笑」的表情。

媽，妳該不會，該不會是覺得我丟人吧？

高中時，媽就只來過學校兩次，分別是舉辦新生學生家長會以及選填大學志願的日子。在某個入學後沒多久的星期五，全部的學生家長在禮堂開會，並且按照班級集合，和班導師進行對談。聽說，這是我們學校才有的傳統。我心想著「還真是什麼奇奇怪怪的傳統都有」，把不太會認路的媽媽帶到禮堂後才回到教室。就在我們上數學課時，音樂老師突然敲了教室的門。

「高馬妮是哪一位同學？」

啊！我有股不祥的預感。我原本想裝傻，但數學老師也問了一次。我安靜地舉起手，音樂老師揮揮手叫我過去。原本領先我半步走在前頭的音樂老師停下腳步，回頭看著我，並用非常小心翼翼的口吻說：

「妳媽媽好像身體不太舒服，她在找妳。」

媽在禮堂的角落哭泣著。班導們已經回到了教室，只剩下學生家長按照班級坐在同一區，時不時偷瞥我們。我將把媽帶到禮堂外面。

「還好吧？」

媽很努力鎮定下來，緩緩地點了點頭。

「那些媽媽為什麼繼續待在那裡沒有離開？」

聽到我這麼一問，媽又哽咽了。

「在收錢。」

「錢？什麼錢？」

「她們說有東西要買來放在教室，要給班導的錢，還需要繳交會費，然後就突然開始收錢了，接著大家迅速的從皮夾拿出錢來。可是，媽身上沒有半毛錢。」

那莫名其妙的傳統原來是這麼回事啊！唉唷！媽，沒錢就別繳嘛！

隔天，這件事傳遍了全校。

「聽說我們班有個同學的媽媽突然在開家長會時哭了。」

「真的喔？為什麼？」

「聽我媽說，那個媽媽看起來有點怪怪的，那會不會是馬妮的媽媽？」

我假裝沒聽到這些話，趴在桌子上睡覺。早晨上學時臉還好端端的，但趴在桌上睡了一整天之後，到了放學時臉變得好腫。

在我們學校，媽媽們會輪流監督自修課，但我向班導說，媽媽身體不好，要老師把媽媽從行程表上刪除。班導完全沒有追問，媽媽哪裡不舒服，也沒有表現出擔憂的神色，默默接受了我的請求。班導其實應該也知道，媽健康得很，只是那時的我覺得媽媽很丟臉。

曾經覺得媽媽很丟臉的十七歲少女，在大約過了二十年後，成了令媽媽覺得丟臉的老處女。啊！人生真是無常啊！

我沒有回說：「這件事沒什麼了不起，但大嬸您不也來了嗎？」一直都是這樣。事情發生的當下，我總是嘴巴閉得緊緊的，但晚上躺在床上時，那些沒有說出口的話就會在腦袋裡不停打轉，想必今晚我又要帶著憤恨的情緒狂踢棉被了。

我一言不發地離開了現場，覺得自己好淒涼。更淒涼的是，這次我所投的一號大樓又落選了。雖然一號在事前投票時獲得了一半以上的票數，但在選舉大會當天，二號獲得了壓倒性的勝利。

「不可能！這怎麼可能會發生？怎麼一號會落選？馬妮、班長和姓黃的都投一號，成美家、小謙家還有那天在廂型車上的人全部都投了一號。一定是這些人搞鬼，打從一開始，公會會長就很可疑，明明工作就做得好好的，為什麼要辭職跑來當什麼公會會長？一定是因為當會長比上班來得有賺頭吧？原來私底下都在打歪主意啊！不知道他到底貪了多少？」

投票結果出來後，媽連續發了好幾天的火。因為憤恨難平，飯吃到一半、睡到一半還有打掃到一半都會突然發脾氣。我問媽為什麼那麼積極支持一號建設公司，媽卻支支吾吾的，壓低音量說：

「他們有給我百貨公司商品券。」

「什麼？媽妳瘋啦？那是賄賂耶！妳想因為收賄而被抓去關嗎？」

「誰收啦？我沒收，沒收！其他公司發的商品券也沒收，全都還回去了！」

「大家都在發商品券？可是媽為什麼只喜歡那家？因為他們給得比較多？」

「金額都一樣，只不過其他地方給的是傳統市場商品券。這是叫我們只去市場的意思嗎？雖然我這輩子沒在百貨公司買過一套衣服，不過聽到能拿到百貨公司商品券還是很高興，感覺好像被當成了貴賓。」

我經常在百貨公司買衣服或包包，最近也有很多平價品牌的專櫃，如果在打折季精挑細選，就可以買到和網路購物中心的價格差不多的優質商品，百貨公司又不是只賣什麼多了不起或昂貴的東西。我往下一看，媽身上穿著牛仔褲，看起來並不像歐巴桑穿的衣服，褲子算是偏短的，剪裁也很俐落。最重要的是，上頭沒有華麗的亮片或珠子飾品，看起來很舒服，雖然都已經被穿到磨破或褪色了，但散發著一種自然的美感。

「媽，妳的牛仔褲很漂亮。」

聽到我突如其來的稱讚，媽用一種無言的表情看了我許久，然後用食指指尖戳了一下我的眉心說：

「還不是妳買回來沒穿的衣服，我覺得很可惜，所以拿來穿了！既然漂亮，為什麼不穿？妳說啊！」

啊！這時我才想起來。我一時貪圖便宜，在百貨公司的特賣活動買了它，但回家試穿過後，發現顏色既不深也不淺，看起來有點俗氣，所以就一直擱著沒穿，不過媽穿在身上這樣看起來還不錯嘛！

「媽，那個是在百貨公司買的，妳早就有百貨公司的衣服了耶！」

「還真感謝妳給我穿百貨公司的衣服喔！」

票選大樓的那天，廂型車將我們載到一家餐廳前面，所有人都吃了一碗蔘雞湯。那是上頭撒滿芝麻粉、燉得非常軟爛的蔘雞湯，雖然雞的體型小得不像話，但把湯喝完之後肚子變得超飽。雖然媽說那是班長大嬸請大家吃的，不過其實我好像知道那筆錢是打哪兒來的，儘管知道，我仍吃得很香，我沒有資格說媽的不是。

有一天，我一如往常在床上睡懶覺，突然聽到房門被開開關關的吵鬧聲音。我吃力地爬起身，打開房門，看到媽在家裡各個角落拚命翻找，嘴上不知道在自言自語什麼。

「啊！到底是放去哪了？」

媽將主臥室的櫥櫃、化妝檯、父親的小收納櫃和流理檯抽屜逐一打開，不停翻找著。

「好吵哦！媽在做什麼？」

媽沒有回答，甚至還把鞋櫃裡的鞋子拿出來看。

「媽到底在找什麼？」

這次媽同樣沒有回答。也許媽不是故意不回答，而是沒有辦法回答？搞不好媽打算做什麼壞事！

「妳在找什麼？為什麼不敢回答？」

「哪有不敢回答？我在找妳爸的印章。本來就心煩得要死，妳回去睡妳的大頭覺啦！」

印章？世界上有兩樣東西不能拿到外頭亂傳，那就是瓷器和印章。如果把瓷器傳來傳去就會出現裂痕，如果把印章傳來傳去就會家破人亡。媽在找印章，這是家破人亡的信號彈。

「媽瘋啦？妳打算把印章用在哪？」

「誰瘋了？妳為什麼都不相信媽做的每一件事？我好歹也比妳多活了二十年，吃的苦也比妳多二十倍。就算全世界的事妳都懂好了，我也比妳懂得更多啦！總之妳和妳爸啊……」

一定是跟大樓有關吧？只要是和那該死的大樓有關的事，就是千軍萬馬也無法阻攔媽。拜託，千萬別讓媽找到印章，拜託、拜託！儘管我再三祈禱，但很不幸的，媽仍憑著堅忍不拔的意志力找到了，印章就放在父親的存摺裡。

「這個人也真是的，我都說過多少次了，不要把存摺和印章放在一起。這跟把鑰匙插在大門上，叫小偷上門有什麼兩樣？」

媽打開印章的蓋子，確認父親的名字是否清楚，接著用嘴巴哈了兩次氣，用力蓋在擦手紙上。接著，她帶著很滿意的表情把印章捲進那張擦手紙裡，放進了包包。媽好像真的很喜歡蓋章這件事，不知道有沒有「戀印癖」這種說法？

「媽，妳到底要做什麼？」

「公會要我們繳交同意書，好讓工程快點進行，還有蓋好之後要搬進那棟大樓的同意書。要把同意書收齊了，才能趕快施工。」

「媽，等一下，我也一起去！」

「不必了！妳就把心思花在找工作上吧！幹嘛像個孩子一樣跟著媽媽到處跑？家裡要有人顧著！」

媽只披了一件我穿過的薄外套就出門了，一副要把門給鎖上，不讓我跟出門的氣勢。

在我小時候，育兒條件要比現在更惡劣，有不少年輕父母把孩子丟在家裡，自己跑出去工作。在小小的房間內，只有尿壺和只會出現灰色畫面的電視，而孩子只能隨便吃點東西充飢。不管睡了多久，父母始終沒有回家，孩子們只能劃火柴玩。門從外頭被鎖上，無論如何使勁推、拚命敲，都無法打開那扇門，孩子們就在裡頭被燒成木炭。每當快要遺忘時，電視上就會出現那種新聞。

租下我們家門房的新婚太太也是如此，孩子才剛生完，一個月內就要回去工廠工作。那位太太說，嬰兒成天只會喝奶和睡覺，拜託媽每三個小時幫忙把奶瓶放到嬰兒嘴巴裡。

「只要把尿布摺疊起來放奶瓶旁邊就行了，就算不幫他拿著，他也會自己吃，我會把奶粉泡好再出門。」

媽一口就回絕了，要她決定是要辭掉工廠的工作，還是去找個人來照顧孩子。雖然嘴上說得很無情，媽卻熬煮了一整天的牛腿骨，使勁拖著超大的鍋子拿到門房。才剛把鍋子擱到新婚太太身邊，她就嗚嗚哭了起來。父親對媽說，如果這麼放不下心，乾脆就幫人家照顧孩子嘛！結果媽邊嘆氣邊搖頭。

「聽說她要整天站著工作，她才剛生完沒多久，這樣下去會弄壞身子。」

新婚太太放棄了工廠的工作，在家專心帶孩子，直到孩子開始能搖搖晃晃走路後，她才又回到工廠工作。聽說那是一間內衣工廠，在她去工廠上班的時候，孩子幾乎都是在我們家玩。媽會餵孩子吃飯，哄孩子睡覺，還替孩子洗澡。

新婚太太經常會拿質料滑順、上頭有華麗蕾絲的黑色內褲、內衣或睡衣之類的送給媽，說是在工廠免費拿到的。每當媽穿著只靠細肩帶支撐的內衣走來走去，父親就會嚇得倒抽一口氣。

在我進小學的那年春天，新婚太太一家三口搬到有兩個房間的房子，門房變成了我的房間。在那之後，每次看到有孩子被鎖在屋子裡的新聞，我就會想起那個孩子。那個孩子很乖巧，總是笑咪咪的，很愛睡覺，給他什麼，他就會毫不猶豫地接來吃。他們夫妻倆會找人來照顧孩子嗎？他們會從外頭把門鎖上，然後去上班嗎？

我心想這樣不行，於是只套上一件背心，踩著運動鞋的鞋後跟就出門了，連大門都沒有上鎖。我們家的人平常就是這樣過活，隨時都歡迎小偷大人光顧，真不曉得是幸或不幸，小偷從來沒上門過。也對，如果我是小偷，也不會……

這是我第一次到公會的辦公室，我兀自想像著那會不會是個像房屋仲介的地方，路過的居民可以不用打聲招呼就跑進來坐在老舊的沙發上喝杯咖啡、下下棋，可是這裡和我過去工作的辦公室差不多。

空間大致分成三區，門口前方的開放空間擺了五排折疊椅，每排大約放了十張椅子，椅子面對的方向有一張很大的白板和銀幕，感覺很像是教室。內側用假牆分成兩個房間，比較大的房間內有兩張大桌子靠著窗，小房間則有四張小一點的桌子兩兩並列，中間放了隔板。

裡頭只有一位看起來剛過二十歲的年輕職員，坐在最靠近出口的書桌上，想必她一定是總務部辦公室最資淺的女員工。書桌上有電腦、電話、資料夾、插上水瓶的迷你加濕器、印有閃亮粉色唇膏的紙杯，各式便條紙用圖釘插在正面的藍色布料隔板上。我的座位也曾像那樣，宋小姐的位置也是，是否世界上所有最菜的女職員的座位配置，都遵循著某種法則呢？

牆壁的月曆上每天都寫了密密麻麻的行程，每天有建設公司的會議，每隔一天就有和首爾市與區廳等各種政府機關、地區長官的會議，另外還規畫了好幾次住民大會。月底那天用紅色字體寫著「同意書截止日期」，還寫了不少L、S、M等英文縮寫。那是暗號，非自己人就無法看懂的特殊記號，代表其中一定有什麼玄機。總之，讓人看了很不放心。

另一邊的牆面上貼有非常大的首爾市地圖和S洞的地圖，首爾地圖以區域劃分，分別塗上不同的顏色。S洞的地圖則按照每一個門牌塗上藍色、紅色、綠色和黃色，有些住家上頭甚至塗了好幾次顏色。首爾被分成即將都更的土地、正在進行都更的土地，以及已都更的土地，住在同一區的鄰居們被分成了好幾類。大家都不斷掙扎著想過更好的生活，但肯定無法所有人都如願。可是都已經這麼拚死拚活了，如果還不能過上好日子，那該怎麼辦呢？又要用何種心態去看待過上好日子的其他人呢？

見我明目張膽地在辦公室東張西望，女職員率先開口問：

「請問您有什麼事嗎？」

「那個……我來找人，不知道有沒有一位五十幾歲的大嬸說要來填寫同意書？

個子比我矮一些，頭髮燙得捲捲的。」

說完之後，我發現這樣形容外貌根本一點都幫不上忙，我所認識的五十幾歲大嬸全都比我矮一點，也都燙了一頭捲髮。

「不清楚耶！我是剛才九點來上班的，但目前都沒有人來。」

「不過，那是什麼同意書呢？」

「像是施工表，還有，嗯，補償辦法之類的……同意讓公會做……」

「已經決定好補償辦法了嗎？」

「還沒，現在才剛決定承包廠商，所以往後還會協商。到時大家同意讓公會做……應該說是委任嗎？」

女職員含糊其辭，離開了座位。大家又不知道公會往後會做出什麼決定，要怎麼事先同意？我帶著滿腹的疑問，踩在運動鞋的鞋後跟上回家了。

那時媽也還沒回家，我看著某個電視節目介紹了不怎麼有名的藝人和家人的平凡日常，將已經過了保存期限的吐司撕來吃。最近我還在其他節目上，看到完全沒見過的藝人住在超級氣派的房子裡，也不知道他是怎麼賺錢的。我心想著那棟房子該不會也經過了都更吧？

我手裡還握著吐司，不知不覺就睡著了，之後被一陣很吵的笑聲吵醒。媽不知什麼時候回來的，坐在我身旁看著電視，不停咯咯笑著。看媽一句話都沒說，應該不曉得我有去找她。

「同意書填完了？」

「當然啦！」

接著，媽像是在自言自語般嘟噥著：

「真搞不懂要交的資料怎麼那麼多。」

哎呀！八成是在跑居民中心或區廳之類的地方時，在路上錯過了。媽不知道交了什麼資料給公會，印章也豪邁地蓋了下去。啊！該死的戀印章癖，媽所蓋的章會有法律效力嗎？這件事會不會在什麼關鍵性的時刻扯住我們的後腿？就在我想不出來究竟該如何獨自收拾這個殘局時，我想到了父親。

總是帶著一張撲克臉，對家裡的大小事都袖手旁觀的父親；自從我開始工作之後，收入從來都不曾比我多，睡覺時間卻越來越長的父親；四肢越來越瘦，肚腩卻開始變圓的父親。即便如此，在這種時候我還是想起了父親，我偷偷地跑回自己房間，打了一通電話給父親。

「父親，大事不好啦！媽不知道交了什麼資料給公會，而且還在同意書上蓋了章，一大早媽就拿著印章出去了。」

「喀！」父親一句話也沒回答就掛掉了電話，他有聽到我說什麼嗎？我再打了一通電話，但父親沒有接，這下令人不安的事又多了一項。就結果來看，這等於是我向父親打小報告，雖然這種講法很幼稚，不過我想不到其他更貼切的說法。要是媽知道了，她可不會放過我。

我將兩顆不定時炸彈埋在心中，再次鑽進了被窩，為什麼又覺得好睏？啊！我的人生可真窩囊啊！

我是從什麼時候開始變得這麼有氣無力呢？大學畢業之後，因為找不到像樣的工作，我變得非常戰戰兢兢，也因此患了重度憂鬱症，後來好像留下了後遺症，憂鬱的情緒三不五時就會找上門。儘管如此，我仍在建設公司認真本分地工作好長一段時間，自信心也恢復了不少。看著大學同學們不斷換新工作，我甚至還覺得有種優越感。

當時有朋友在準備公務員考試，有人說要去念師範大學而重考，還有人說要開咖啡廳而去上咖啡師課程，甚至還有人把全租的保證金取回，跑去歐洲無限期的旅行。但是他們公務員沒考上、大學考試考砸了，咖啡廳也倒了，唯一有成就的，或者該說有收穫的，是那位去歐洲旅行的朋友。她在比利時的某個小城市遇見了正在法國留學的中國富豪，和對方結婚了。

朋友說，那時是春天，風卻依然冰涼，街上顯得很冷清，因為能欣賞的也只有風車，所以朋友完全縮起肩膀，直喊著「真的好冷、真的好冷」。就在此時，現在的丈夫走了過來，說了一聲「斯咪媽線」，而朋友在韓語中夾雜日語單字，回說：「紅豆泥，很冷，閃開，斯咪媽線。」接下來換男人講話混雜法語、英語和日語，但朋友聽不懂。後來她才知道，原來當時男人說的是：「妳說的是什麼意思？妳的聲音真可愛。」總之，這件事為彼此締結了姻緣，兩人最後結婚了，現在定居在上海。在久違的朋友聚會上，上海夫人叫我們一定要離開韓國。

「離開！丟下一切離開吧！這樣才會有新的機會。如果繼續待在這裡，妳們的人生絕對不會改變！」

我當時心底只想著，我們的人生又怎樣了？結婚是什麼官職嗎？其他朋友好像想法也和我差不多，每個都僵著一張臉。

我小聲地說：「因為我沒有護照……」

我好像覺得自己一直待在微不足道的公司工作有點可笑，明明很認真工作，為什麼要感到羞愧呢？最後還被公司裁員，這下我真的是站在懸崖峭壁上了。我想替自己辯解，雖然我並沒有超級努力生活，但也沒有到怠惰的程度。說給誰聽？說給媽聽，說給父親聽，說給成為上海夫人的朋友聽，說給那些並沒有馬馬虎虎過活、人生卻馬馬虎虎地流逝，同樣站在懸崖上的夥伴聽。

那一天，我生平第一次去了叫做派出所的地方，父親跑到公會辦公室大鬧了一番。接到電話之後，媽和我這次又只勉強披了件薄外套和背心，踩著運動鞋的鞋後跟，一路跑到收到通報的派出所。在奔跑時我一直想著，這下我慘了，要被媽罵到臭頭了。

媽原本就很膽小，在派出所看到父親之後，整張臉都嚇得發白。我看媽走路踉踉蹌蹌，於是抓住媽的手攙扶著，結果發現媽的手很冰涼，汗水卻滴個不停。

「馬、馬妮的爸……」

媽低著頭，心急如焚地喊了一聲，但父親沒有回頭，反倒是身穿公會外套的男人迫不及待地轉頭，帶著喜出望外的表情說：

「大嬸，我有強迫您蓋章嗎？巡警先生，當事人來了，請您親自問她吧！」

接著，警察面帶不悅地說：

「我不是巡警，是警長。」

那時父親依然沒有回頭，反倒向不是巡警的警長說：

「警長先生，我想告那個女人。」

媽頓時跌坐在地上。

「馬妮的爸，不可以離婚！刑警先生，我不能離婚，請阻止他。」

公會的人雖不曉得為什麼媽要主動蓋章、蓋在哪裡，但總之一提出蓋章的事實後，警察便強調自己不是巡警而是警長，父親向那位警長說要對媽提告，而媽則立刻請求那位警長幫忙，好讓丈夫不會和自己離婚。這果真是單一語言和單一民族的對話嗎？哈！根本是雞同鴨講……

派出所所長出面了，他原本站在角落，將一切看在眼裡。派出所所長給人的印象很好，像是訓話時間很短，會親自把運動場上的垃圾撿起來的鄉下分校校長。

「來，大家請冷靜一下，這是個小小的社區，大家有必要吵得面紅耳赤嗎？老人家請您趕緊道歉吧，金先生也別再說什麼施暴或強盜未遂這類可怕的話。」

那個金先生沒有應答，一臉寫滿了不情願。雖然不曉得父親為什麼不親自向媽提告，執意要求警察幫忙，總之搞得警察很煩。媽則直喊著自己不能離婚，最終哭了起來。我選擇先安撫媽。

「媽！離婚和提告不一樣！離婚是兩人協議後再提出訴訟，父親不是為了要離婚才提告！」

「什麼？那馬妮的爸為什麼要告我？」

父親沒有朝媽的方向看，回答：

「竊盜！一聲不吭把我的印章偷走，這是偷竊行為。還有，那女人自行用偷來的印章蓋章，所以那些資料全部無效，趕快給我交出來。」

金先生再次詢問：

「大嬸，您說說話呀！是我強迫您，還是您親自到辦公室來蓋章的呢？」

「是我自己蓋的。」

聽到媽很白目地如此回答，金先生用兩手撢了撢自己的膝蓋，站了起來。

「辦公室的東西都被砸壞，我也受了點傷，最要緊的是，我們員工受到不小的驚嚇。正如所長先生所言，這裡是個小社區，不是嗎？今天的事就當做沒發生，我先告辭了。不管大叔您是要告大嬸還是要離婚，兩位請自行解決，我們會帶著大嬸自行繳交的同意書，像現在一樣合法正當地工作。」

父親只是緊握著兩個拳頭，全身打著哆嗦，但什麼話也沒說。

一回到家，父親連鞋子都沒脫，就一屁股坐在地板上問媽：

「妳交了什麼資料？」

媽還沒完全踏入家門，像是一名被罰站的孩子般垂下頭站在大門口，答道：

「印鑑證明書。」

「還有呢？」

「委任書。」

「還有呢？」

「土地登記謄本，沒了。」

父親深深地嘆了口氣。公會為什麼要收這些資料呢？這是都更原先就有的程序嗎？我不禁想，不知道的事也太多了。要是這樣傻傻地被牽著走，不僅到時無法搬進即將蓋在此處的大樓，可能連能領取的合理補償都拿不到。父親又問：

「妳知道那是什麼同意書？」

「同意公會進行工程，他們說必須有很多公會會員同意才能盡快施工。」

「意思沒有這麼單純，要是沒弄好可能會變成把柄，動彈不得，去把妳繳交的資料全部找回來。」

「找回來的話，你就不會跟我離婚？」

父親一言不發地看著媽許久，回答說：

「我為什麼要和妳離婚？」

哎喲！這令人起雞皮疙瘩的回答是怎麼回事？我嚇得差點尖叫出來，媽卻將頭深深埋進胸口開始抽泣。

「咚」、「咚」，父親在媽的肩膀上重重拍了兩下，然後走了出去。媽也連忙跑了出去，過了好一會兒，媽悶悶不樂地回來，說公會不願意退還資料，在我房間裡一把眼淚一把鼻涕，最後哭到睡著了。

蓋在屁股上的紅印

一九九〇年春天，我升上四年級，轉學到了有體操隊的學校。

轉學前一天晚上，媽媽和我手牽著手，躺在床上聊著對新學校的期待、計畫及身為體操選手的抱負。我帶著既緊張又擔憂的心情輾轉難眠，媽媽則是丟下一句：「太緊張了，今天晚上恐怕睡不著覺了。」接著就呼呼大睡了。我小心翼翼地爬起身，走到廚房喝了杯水，去了一趟廁所，又再次回到房間。回到我的位置時，我不小心稍微踩到了媽媽的手，但她完全沒有任何反應，依舊以固定的頻率打著鼾，看來媽媽真的睡得很熟。

我打開了矮桌上的白光檯燈。幸好媽媽沒有醒來，我將原本彎曲的檯燈拉直，將媽媽替我燙好並掛在衣架上的校服照亮。靛藍色的夾克，由靛藍色、黑色和天藍色的線交織而成的格紋百褶裙，還有那畫龍點睛的領帶。沒錯！我轉去的學校是私立學校。

我在有氧運動學院練習體操的那段時間，媽媽一個人孤軍奮鬥，拚命想讓我轉學到有體操隊的學校。因為網路還不普及，資訊在當時很珍貴，經常找不到路的媽媽，卻獨自在區廳、洞事務所、教育廳和學校等地方來回奔走。大部分學校都是把體操當成興趣或特別活動，校內有體操隊的學校並不多見。

最後我轉學到一間私立小學，學費、註冊費、特別活動費、餐費……總之光是計算要繳交的基本費用，如果想要上完剩下的四、五、六年級，我們就只能賣掉房子或店面。父親在所有程序都完成之後才知道這件事，他氣得暴跳如雷，真的跳了約有一公尺高。他可能覺得完全無法和媽溝通，於是問我：

「馬妮妳說說看！我們現在只能賣房子或店面了！妳打算怎麼做？嗯？妳說該怎麼辦？」

我非常認真、非常嚴肅地思考，然後做了決定。

「我覺得……還是賣掉店面比較好。」

父親像電視劇上頭演的一樣，扶著後頸倒下了。這可把媽媽給嚇壞了，她一邊大叫著，一邊想將父親給扶起來，結果父親一口氣甩開媽媽的手。

「我就是死了，也不讓妳們攙扶。」

接著父親依然扶著自己的後頸，搖搖晃晃地爬起來，中間還腿軟好幾次，反覆著踉蹌跌跤和爬起來的動作，最後打開大門出去了。聽說那天父親是一個人攔了計程車到某家大學附屬醫院，自己走進了急診室。他的腳才剛踩進急診內，隨即失去了意識，甚至心臟還停止跳動。幸虧醫療人員就在旁邊，馬上替他做了心肺復甦術，不然小命就真的不保了。

儘管如此，我仍按照預定計畫轉了學，父親又扶了後頸，再後來，父親用手臂扶後頸的日子要比放下的日子更多了。

就連學校校車都沒有到我們社區，年僅十一歲，才小學四年級的我，必須在六點三十分出門，在家前面的公車站搭六站公車，下車後再改搭七點的校車才能到學校。也許是覺得校服很好看，又或者是看到小孩子穿校服很稀奇，公車上的大人們都會帶著充滿好奇的眼神偷瞄我，當下的感覺倒是不賴。

有很多搭校車的同學都像我一樣，很早就到了學校。早上有上語文或樂器之類的特別活動，圖書館也很早就開放了，但我只是趴在桌子上睡覺。與其說是在睡覺，不如說是睡意將我團團包圍，讓我完全無法打起精神，我覺得好累又好睏。

學校的規模很小，同學們都很熟悉彼此，雖然時常有同學在學期中轉到別的學校，但幾乎沒有像我這樣轉進來的同學，所以好像大家都不知道該怎麼對待新同學。不過，他們並不是討厭或孤立我，而是什麼都沒有做。我倒是希望有人能對我做點什麼，但大家都只是帶著善良、純真又害羞的小臉瞅著我，我覺得好累、好睏又好孤單。

學校的設施並不如我的預期，教室算是寬敞，裡頭有鋼琴而不是風琴，廁所也超級乾淨，因為廁所、走廊和活動教室都有專人打掃。另外，桌椅、置物櫃和黑板都很乾淨，美術教室、音樂教室和自然教室也都很明亮，做實驗的器材更是完好無缺，確實比先前讀的學校舒服許多，但唯獨體育館卻讓人不滿意。不僅比先前學校的體育館小，牆面上也有裂痕，拱形的天花板不曉得為什麼要建那麼高，導致大家說話時，回音總轟隆轟隆作響。

入社測驗在體育館內舉辦，年輕的體操隊教練看起來只是個大學生，她將雙手交叉放在胸前站立著，要我做前滾、後滾、跳躍和簡單的拉筋，卻表現出一副要看不看的樣子。接著，她問我為什麼要加入體操隊、有沒有正式學過體操等問題，我則是講了一大串我和柯曼妮奇的緣分，過去一年多嘔心瀝血的努力等。我覺得教練應該還可以當選手繼續活動，卻已經在當教練了，她要不是表現非常傑出，不然就是沒有當選手的本事，但我總覺得應該是後者。

不出所料，我順利通過了測驗。雖然後來才曉得，入社測驗只是個形式，不具特別的意義，大部分的人都能進入體操隊。不過，之後的事就不是自己的意志能決定的了，像是要繼續當體操隊的成員，或者只能繼續當個普通成員，又或者是要當個體操選手之類的問題。

有四、五名身穿白色體育服、就讀低年級的小朋友，聚在體育館入口嘰嘰喳喳地聊天，幾名看起來年紀稍大一些、身穿運動服的孩子則兩兩一組，拉著彼此的手在做暖身動作。更裡面一些，有兩個穿著正式體操服的同學，一邊練習丟接呼拉圈一邊聊著天，但她們好像已經很習慣做這個動作，從頭到尾都沒有看呼拉圈。我竟然能進入這裡，竟然能加入這個行列，假如這是個夢，千萬別讓我醒過來。

看到高矮各不同，但長相白皙文靜，同樣擁有一張小臉的孩子們聚在一起，感覺就像是另一個世界、另一個種族。體操隊的同學們都已經開始管理自己的體重，為了維持亮麗的外貌、輕盈的體態，她們幾乎不吃任何米飯，而是隨身攜帶起司或煮過的雞胸肉，偶爾才吃上一些。光用看的都覺得喉嚨好乾澀、肚子好餓好難受，就是因為大家只吃最低限度的食物，所以個子才會這麼嬌小吧！

過去我從來不曾思考有關身材的問題，好比體型、體重或打造身體曲線之類的，對於看不見的肚子內部狀態倒是想了不少，像是肚子飽、肚子痛、肚子餓、很餓、真的好餓……直到我開始關注起身材後，才發現我個子算是高的。到四年級為止，我都是班上最高的，比男孩子的個子還高。媽媽還覺得很高興，說沒給我吃什麼好料的，我卻能像豆芽一樣茁壯成長。

然而我的個子後來就不長了。到了國中，我變成班上身高偏矮的人，高中整整三年都是班上最矮的人。這時媽媽才說「早開的花朵早凋謝」，邊感嘆還邊白我一眼。我什麼事都沒做就被稱讚了，但也同樣什麼事都沒做就被數落一番。

體操隊的同學們連名字都取得好美。如果要比名字與眾不同，我也不惶多讓，但認真區分的話，我的名字只是特殊，可體操隊內真的有很多同學名字取得很美。過去我的身邊以惠善為首，還有美善、智善、英善、明善等名字裡有「善」字的人。在經過期許女子柔弱溫「順」的時代，期望女子文靜賢「淑」的時代後，現在大概是來到了善良的女人備受推崇的時代了吧！

話說回來，惠善算是善良嗎？總之體操隊內沒有一個孩子有那種善良的名字，尤其是四年級的同學，除了我之外，另外三個都是使用漢字姓名。金靈眸、崔金星、劉熠輝，她們果然都如姓名般，眼眸靈活有神、宛如金星、全身熠熠生輝。我叫做高馬妮，高、馬、妮。什麼 money？我的名字又會帶給她們什麼印象呢？

我站在體育館入口處，用腳尖不停敲擊地面。我不敢貿然靠近體操隊成員集合的地方，此時教練走進體育館，拍了拍我的肩膀。

「喔，馬妮妳來啦？先到後面更衣室去換體育服，空著的置物櫃都可以用。」

這時我才經過同學們的身旁，走到體育館後方的更衣室。這裡看起來不像一開始就是更衣室，而是將保管器材的倉庫角落隔起來，再安裝一扇門充當更衣室。每個置物櫃上頭都貼有名牌，我從沒有名牌的置物櫃中，挑了一個靠牆且最下面的置物櫃。

因為長期沒使用的緣故，置物櫃的門變得很卡，我必須用雙手使勁拉開才行。其他的置物櫃都變得有些凹陷，有些把手還斷裂了，但我選擇的置物櫃倒是很乾淨。大概是因為必須蹲下來取放東西，所以先前一直都沒人使用。我從小就這樣，搭公車時總是坐在最後面，去圖書館時也理所當然地挑角落的座位，就連和朋友們去吃辣炒年糕時，我也會占據最靠邊的椅子。

我把背部拱成圓形，肩膀澈底往內縮，做出身體所能負荷的最低的姿勢，將背包推進置物櫃。很快的，這裡也會貼上我的名牌吧！我不由得心頭一熱，用手輕輕掃過置物櫃，然後也摸了摸其他置物櫃和名牌。我看到有個貼有名牌的置物櫃露出一條門縫，沒有多想就拉開了門，裡頭放了衣服和背包，是隨便被塞進去的校服和 Nike 的鐵槌包。

當時國、高中生之間很流行有一條長背帶的圓筒狀籃球袋，大家都叫它「鐵鎚包」。以前學校的大部分籃球社團成員都是揹鐵鎚包，追趕流行的高年級姊姊們也會揹這種包包。我也很想擁有一個，但我只能揹著兩邊都有背帶、小學生專用的書包。鐵鎚包感覺不適合我，更何況是知名的運動品牌，價格也很昂貴，不過我也不想揹假貨就是了。我獨自在那摸著鐵鎚包時，有人突然大叫：

「妳在幹什麼？為什麼偷翻別人的置物櫃？」

我結結巴巴地辯解：「沒有，只是因為它開著，以為主人忘記關上了，所以想幫她關上，可是又關不太起來。妳看，關上之後又會這樣、這樣，自己打開了。哈哈哈！妳看吧！」

就連我都覺得笑聲有點假，但至少自己編的說詞還不賴。當然這招並不管用，這個不知道是不是置物櫃的主人，甚至也無法得知年紀比我大還是比我小，身穿體操服的同學，絲毫沒有掩飾臉上充滿不快與懷疑的表情。

終於，體操隊的第一次練習來臨了。我被分配到白色體育服那組，進行了約兩小時的體力訓練，但我完全想不起來當天學了什麼，聽到什麼說明，而我又有哪些言行舉止。那個置物櫃是她的嗎？她為什麼在笑呢？是在嘲笑我嗎？為什麼要看我？想法一個接一個冒了出來。啊！我為什麼要打開別人的置物櫃，還去摸裡面的背包呢？

第一次練習只簡單做完暖身就結束，大家回到置物櫃前去換衣服。我偷偷瞄了一下，發現敞開的置物櫃並不屬於目擊者，內心暗自感到慶幸，同時又祈禱那個人可以帶著有別於同齡者的穩重態度，替我保守祕密。

不過，這怎麼可能呢？就在第二天，身為置物櫃主人的金靈眸，帶著毫無情緒的表情對我說，自己的置物櫃門扣歪了，所以偶爾會自己打開，叫我不用管這件事。她的臉上沒有任何憤怒、懷疑、諷刺或警告意味，單純只是傳達訊息，可是感覺好嚇人。令我引頸期待的新學校、體操隊、新朋友……我就這樣讓自己成了黑名單。

體操隊有四名新成員，兩名是一年級，四年級有我和另外一位，聽說她從七歲就開始練體操。因為經常在比賽上碰面，所以她和其他四年級的成員一開始就會互喊名字，很自然地相處。我不認識任何人，又比較晚加入，而且也沒有正式學過學校體操，甚至還背負了小偷的罪名。說到霸凌，我已從惠善身上全都體驗過了，所以我很了解是什麼滋味，也做好了心理準備，但沒有人霸凌我，也沒有欺負我。

只不過我的身體趕不上進度，讓我感到很痛苦。以前學院院長看到我動作做得不夠確實時，還會適時放水佯裝不知道，但現在每次在拉筋時，體操隊的教練都會坐在我的腿上、屁股上和腰上，並放掉身上的力量，用力往下壓，我的骨頭甚至發出了嘎吱嘎吱的聲響。我覺得自己的骨頭快要斷掉，肌肉也快裂開了，但無論我如何聲嘶力竭地大喊，教練依然不為所動。我覺得好痛也好可怕，最後忍不住哭了出來。我為被大家看到我哭的事感到很丟臉，於是衝出了體育館。

我進入體育館旁邊的分館，經由被稱為天橋的空中通道跑到本館。心想，再怎麼樣還是必須回去，於是跑到別館之後又折返回到本館，但就在這中間失去了方向感，反覆著上下樓、繞過走廊、走過天橋，接著又走回天橋的過程。

這條路是剛才走的那一條，這個階梯卻是第一次見到，為什麼旁邊會有門？起初我就該放個小石子或麵包屑之類的做記號才對。漢賽爾，你真的超有智慧的。我沒有半點頭緒，就這麼跌坐在地上，這時有人從後面拍了拍我的肩膀，是金靈眸。她什麼話也沒說，只是伸手拿了某樣東西給我，收下一看，是牛奶糖。

「吃了這個之後，心情就會變好。媽媽說吃這個會變胖，不讓我吃，但我還是每天會偷偷吃。」

金靈眸撕開手上拿的另一顆牛奶糖的包裝紙，將牛奶糖往自己嘴裡送，接著縮起肩膀，咯咯笑了起來。我也把牛奶糖放進了嘴裡，果然臉就笑開了，我用手背擦了擦淚痕，像金靈眸一樣咯咯笑著。吃著同樣的東西，發出相同的笑聲，感覺我們好像親近了一些。

「對了，妳迷路了吧？」

「嗯！」

「這邊很容易搞混，因為本館的一樓是別館的二樓。大家讀一年級時，經常因為找不到路而哭了。」

「好丟臉。」

「我不會跟其他人說的，也不會跟教練說。」

我走在金靈眸的後頭，踩著看不見的腳印前進。看到我一臉難為情地再次回到體育館，教練並沒有多問什麼，而新來的四年級成員則一直當我的練習夥伴。大家率先溫柔地向我打招呼，親切地回答我的問題，安慰並鼓勵進度落後的我。為什麼呢？我反倒對於她們突如其來的體貼覺得尷尬到不行。

高年級的學生幾乎一整天都待在體育館，好像偶爾還會曠課，但我只有全體練習時間才會去體育館。大家親切的態度令人尷尬，教練的溫柔也莫名有種可怕的感覺，整個體育館都讓我感到畏懼。

全體練習時，主要會做拉筋和體力訓練，每當我拚死拚活地在體育館跑、做仰臥起坐和原地跳高時，就會不禁懷疑自己究竟是進了體操隊還是田徑隊。我不斷練習劈腿和折腰，感覺腿真的要劈開，而腰也快折斷了。但不管怎麼做，姿勢依舊扭捏不自然，身體也一直很遲鈍，好歹我也學了長達一年的體操啊……

實際站在選手之間，我總覺得自己像「假的」。並不是因為我先前上的是有氧運動學院、我的身體不夠柔軟，或者太晚才開始學習體操。這些並不重要。

某天晚上，我發現了窗外有一顆亮光微弱的星星，而第二天和第三天，我也看到了那顆星星。我心想，啊！我要把發現的這顆星星當成我的守護星或目標，還替星星取了名字、許了願望。可是，那並不是星星。如果那不是衛星、不是太空站、不是南山塔的燈光，那麼就是飛蚊症了。那麼，我向那顆星許的願望會怎麼樣呢？那個願望也會變成假的嗎？願望果然不能隨便對著東西亂許。

有一天，教練在練習完之後單獨叫我過去。教練放棄了嗎？還是要叫我退社呢？我比惠善叫我到體育館說要看我閉著眼睛走過平衡木時還要緊張。我故意走得很慢，像是神話中身軀龐大的動物，等待命運般低著頭站在教練面前。教練從手上的大本手冊中拿出一張紙給我。

「我還沒幫妳規畫體操計畫呢！也還沒給妳通知單，把這個拿回去給媽媽。」

教練人真好，原來她打算要繼續栽培我這根朽木啊！

「還有，另外去上點舞蹈課應該也不錯，不管是芭蕾或現代舞蹈都好。這會幫助妳找到感覺，矯正妳的姿勢，身體線條也會變好看，這件事也和媽媽商量一下。」

也就是說，體操隊不會教我舞蹈，而是我必須另外去學？為什麼？如果是學習體操時需要的技巧，那麼體操隊就應該教我不是嗎？雖然我搞不太懂，但還是先點了點頭。

儘管我很好奇內容是什麼，但我沒有取出來看，總覺得不能被其他人發現，所以我夾在課本裡，放進了書包的深處。搭校車時，我也全程緊緊抱著書包，直到我換乘公車之後，我才把通知單拿出來看。

練習的人是我，但我不曉得這是在叫誰繳交練習費，總之裡頭包括了練習費、上學期預定的兩次體力訓練、一次學習訓練費、各種服裝和器材使用費、使用快要倒塌的體育館的費用，甚至還有隨便設在倉庫角落的破爛置物櫃使用費，加起來的金額高得嚇人。媽媽果真拿得出這筆錢嗎？我把通知單再次折成一半，夾進課本裡頭，但感覺就像雞胸肉卡在喉頭一般。啊！好乾澀，好鬱悶。

過了好幾天，我依然無法把通知單交給媽媽。媽媽肯定會四處奔走，想盡辦法籌錢，要是無法籌到，就會內心暗自受煎熬，雖然我一路走來很辛苦，但媽媽更是如此。每次練習時，教練就會問我是否將通知單交給媽媽了？我像是突然驚醒般說了聲「啊！」撓了撓後腦，而第二天和第三天也繼續撓著後腦，直到我覺得後腦杓真的要被我撓出破洞，我才對教練說我弄丟了。教練那天特地拿出了平常很少攜帶的手冊，給了我備份的通知單，同時叮囑我這次一定要交給媽媽。

我將房門鎖上，再次看了好幾次通知單。怎麼辦，怎麼辦，我連半個可以商量的人都沒有。我心想「好孤單啊！」因為沒有兄弟姊妹，所以碰到這種時候，這種苦惱著該不該向父母坦承某些事時，也沒有能夠一起想辦法的人。可是仔細想想，這件事也可以和朋友討論啊！原來，我真正的問題不在於沒有兄弟姊妹，而是沒有朋友啊！頓時有種額外獲得人生智慧的感覺，可是卻莫名地感到苦澀。最後我直接把通知單拿給媽媽看，媽媽仔細地看完通知單，臉色變得很凝重。

「體操隊還收錢？這學校還真好笑。早知如此，我就送妳到學院去就好啦！何必還送妳到那所又遠又貴的學校？要交的錢怎麼又有這麼多？根本就是小偷嘛！管它是體操還是什麼，立刻給我放棄！」

嗯？媽，妳說什麼？這反應好令人意外，我沒想到媽媽會這麼輕易叫我放棄。

「那我就這樣放棄體操？」

我試探性地問了一句，媽媽只是轉過頭嘆了口氣，直到最後都沒有否認。

我一言不發地回到自己房間，鎖上了門。我的眼淚，猶如父親用長竿搖晃外婆家院子的大棗樹，不知道是在打樹幹，還是在抽打自己備受壓抑的心，毫不留情地搖晃樹木時，嘩啦嘩啦掉下來破裂的大顆果實般，滴滴答答的落了下來，心中百感交集。

我體操練得不好，要到那麼遙遠的學校上課也不容易，每天都好疲倦、好不安、好低潮，那大概是我十幾年的短暫人生中最為難熬的時期。但是我並不想放棄體操，不是因為我喜歡體操，或是覺得練習體操很幸福，而是覺得很丟臉。要是就這麼放棄的話，太丟人了。無論是在父母面前、在外公和外婆面前，或是包括惠善在內，知道我在練體操的所有鄰居玩伴面前。

隔天早上，媽媽將一個信封袋遞給邊扣鈕扣邊走出來的我。看到信封袋的厚度，還有媽有意無意顫抖的手，我猜到裡頭裝了錢。媽媽終究還是替我籌了錢，一定是被父親臭罵一頓之後拿到的，不然就是向外公借的吧！

「要好好交給教練，別弄丟了。」

我嚥了嚥口水，抓住了信封袋，媽媽沒有放手。我稍微使力拉了一下，而媽媽的手指也使力抓住信封袋，我再次使力拉了一下，這時媽才輕輕地鬆開了手。到我將信封袋夾在課本裡，把課本放進書包，拉起拉鍊為止，媽媽的手依然停留在半空中。媽媽協助我揹上書包，並再次確認拉鍊有拉好。

「身上帶著一大筆錢，所以書包一定要揹好。」

「知道了。」

「一到學校就交給教練。」

「知道了。」

「不要拿著到處亂跑，最後搞丟了。」

「唉唷！知道了，我知道了。」

在我綁鞋帶的時候，媽媽假裝要幫我調整書包背帶，不停摸著書包，莫名替我拍了拍校服，還沾口水替我整理瀏海，但兩眼的焦點已經不在我身上，黑色的瞳孔內寫滿了未知的不安與迷戀。也許是捨不得錢，又或者是覺得信不過我。

「媽媽！」

「哦？怎麼了？」

媽媽呆站著，被我突如其來的大喊嚇了一跳。

「我說，我去上學了。」

「嗯！」

「進屋吧！」

「嗯，知道了。」

「我真的要走囉！」

「馬妮！」

我才轉過身跨出步伐，媽媽就慌慌張張地喊了我一聲。那天早晨，我們猶如一對依依不捨的戀人。

「怎麼了？」

「要認真練習喔！」

「就為了講這句話才叫我？」

「嗯！要認真練習。」

我直視著媽媽游移不決的眼神問道：

「老實說，媽媽很捨不得錢吧？」

「哪有捨不得……那筆錢對我們來說是大數目，所以才叫妳不要浪費錢，要認真練習。」

「媽媽，老實說，我在體操方面表現得不好。進入體操隊之後才發現，根本比不上那些從小就開始學習的同學。」

「有人要求妳現在就拿金牌回來嗎？快點去上學。」

媽媽推了推我的肩膀，我因此踉蹌了一下，問媽媽說：

「那我沒有拿金牌回來也沒關係嗎？就算是這樣，還是要把這麼大筆錢花在我身上嗎？為什麼？」

「因為妳是我的孩子，因為媽媽希望能在成為父母之後，至少讓孩子做一次自己想做的事，妳這小丫頭！」

在上學的途中，心情一直很沉重。媽媽的話一直在耳邊打轉，「因為妳是我的孩子，妳這小丫頭！」

先前，全體練習結束之後，我就會安靜地換回原來的衣服，打聲招呼後就先離開體育館，反正也沒人挽留我。而且如果讓最後一班校車離開的話，回家的路上真的很孤單。聽到媽媽叫我認真練習，那天我也試著留了下來。

我先跳了幾下，我沒有特別要做的事，但也不能傻傻站著，於是我便沿著跑道在體育館繞圈。原本只打算把慢跑當成暖身運動，跑著跑著腳步開始加快，我在不知不覺中馬力全開，疾速奔馳著。我對自己盡本分的兩條腿感到羞愧，但更令人羞愧的，是體育館內沒有半個人對我跑步這件事感興趣。

在我束手無策，只能埋頭奔跑的時候，其他隊員和教練不知道聚在一起討論什麼，彼此還做出示範，跟著做出那些動作，還做了紀錄。我鼓起勇氣走到她們旁邊，接著再度鼓起勇氣，在肚子上使力，畏畏縮縮地說：

「老師，我，我也想再多練習一下……」

教練顯得很慌張，不知該如何做出反應。

「啊！那個，好，等一下，舞步就先告一段落。」

舞步？舞步告一段落？到底是什麼舞步？我早就預料到，在我回家之後發生了許多事，這點眼力我還是有的，不過好像發生了憑我的眼力都猜不到的重要大事。聽到「舞步」這個詞之後，我整個人僵在原地。

教練忙著讓同學們練習，讓我如一名獨守空閨的小媳婦般，被晾在旁邊超過十分鐘，用體感來算足足超過一個小時。啊！再這樣下去，我應該會一屁股跌坐在地上。直到眼淚快要掉下來時，教練才朝我走來。

「馬妮，這學期就把具備基本技巧當成目標吧！現在才剛開始，妳只要配合一、二年級的進度就行了，等同學們結束五月的比賽之後，我們再詳細討論。」

其他隊員在準備比賽，從春天開始舉辦一連串的比賽，包括國家代表暨國際比賽選拔賽、體操錦標賽、青少年大賽、會長盃大賽和各種機關贊助大會等，最後由秋天的全國運動會結束一年的行程。當然，不是所有選手都會參加這麼多比賽，而是根據項目和實力來決定要參加的比賽，再調整練習的行程。那我呢？我連有比賽都不曉得，和我同年齡的孩子都已經成為參賽選手了，我卻還在拉筋，在這方面也不見才能，真不曉得該怎麼做才好。

上學院時，我曾有過目標，那就是進入體操隊。我以為，只要進入體操隊就會知道怎麼做，從此就會暢通無阻，以為就能參加奧運、勇奪獎牌。我以為這一切都是自然而然會發生的過程，卻沒想過在參加奧運之前，需要經歷多少場大賽和選拔賽。在參加大賽和選拔賽之前，又要經過多少次的練習和訓練，還有為了消化那些練習與訓練，又需要多少的體力、身體感覺和資源。在我很晚才發覺難關的存在，並為此感到驚慌失措時；其他同學早已突破那些難關，昂首闊步地朝著目標前進。她們都是跟我一樣十歲上下的年幼孩子，是她們聰慧過人呢？還是我落後太多？

練習的強度超乎想像，年幼的選手們身上總帶著傷痕。聽說金靈晬好像必須接受腳踝韌帶手術，她在練習時傷到了韌帶，但因為大賽日程的緣故，無法好好接受治療，導致韌帶發炎，等到傷勢稍微好轉了，又因為練習而再度受傷，形成了惡性循環。崔金星在練習平衡木時不小心掉了下來，身體還出現了短暫麻痺現象。我看她從星期一開始就一直沒來練習，於是好奇向教練問了一下，結果老師說她接受了縝密的檢查，目前會休息一陣子。聽完教練的說明之後，我感到既羞愧又生氣。

「沒有我可以參加的比賽嗎？從現在開始練習也沒辦法嗎？如果是秋天舉行的比賽，不是還有六個月左右的時間嗎？」

「有些同學徒手體操就練習了兩、三個月，大致上都是經過六、七個月的練習才會參賽……那是指練習新項目所需要的時間，而馬妮妳，目前好像還無法消化整個項目本身，妳先別太心急……」

教練希望在其他隊員準備比賽時，我可以先打好基本技巧的底子，她說自己暫時必須集中在其他同學的比賽上，要我稍微體諒一下。什麼「暫時」？話說得可真好聽，比賽會一直持續到秋天耶！教練最後仍小心翼翼地補上一句：

「妳去打聽過舞蹈課了嗎？老師覺得妳好像有必要另外去上課……老師必須和媽媽討論這件事，可是媽媽為什麼沒來諮詢呢？」

您又沒要我叫媽媽來諮詢，還有，我們家怎麼樣也生不出學費，我敷衍地笑著回答說會先認真練習基本訓練。我認為自己沒有必要繼續賴在那裡，於是一聲招呼都沒打就走出了體育館，雖然我很想回頭，但總覺得那很傷自尊心。不要回頭，回頭就會變成石頭，會變成石頭，會變成石頭。我暗自不斷告訴自己，並跨出沉重的步伐。但最後，我仍忍不住回頭了，六名同學和教練也停下了練習，凝視著我的背影。她們沒有冷嘲熱諷，沒有為此感到悲傷或惋惜，只是靜靜地看著。有一個同學衝著我露出習慣性的微笑，但沒有人看出我的眼眶裡已蓄滿淚水。啊！早知道就別回頭了。我，在原地變成了石頭。

儘管自尊大受打擊，我仍在固定的時間到體育館認真接受體力訓練。想到自己又沒有要參加比賽還訓練什麼體力，不免覺得自己很沒出息。心情沉重，身體也跟著變得沉鈍，最後就生病了。尤其是腰部和骨盆很痠痛，大腿抽痛到難以言喻，就連練習都有兩次無法到場。我一下課就回家，一個人窩在房間裡呻吟，但媽就連一顆止痛藥都不買給我，只會說些不中聽的話。

「我們家不知道貢獻給那該死的體操隊多少錢，妳知道練習一次要多少錢嗎？比之前學院的學費還要貴，懂不懂啊妳？可是妳為什麼不參加練習？知道我怎麼籌到那筆錢的嗎？就算要倒下也必須是在練習時倒下，要死也要在做側滾翻時死！」

「我真的痛得快要死掉了，不然我現在做側滾翻給妳看嘛！好啊！做就做，我做側滾翻，然後死給妳看！」

身體生病之後，內心也變得脆弱，就連媽媽跟平常差不多的嘮叨，聽起來都特別強烈。我故意在狹小的房間裡做側滾翻，往前滾了一次，轉過身再做一次後滾翻，接著又繼續滾，繼續滾……我覺得頭好暈，所以不停摔倒，大腿肌肉拉得更緊了，我難過得邊做邊哭。

「真愛作秀。」

媽媽一副「好啊！就來看誰會贏」的樣子，一直待在房間裡看我做，而我也不服輸地持續做側滾翻。我差不多滾了一百次之後，把晚餐吃的東西全吐在房間地板上。媽媽一點也不擔心我，反倒還像是要讓我的背部裂開似的，用力打了一巴掌。她那強而有力的一掌，準確地打在我胃部翻騰的那一刻，於是我又痛快地吐了一次。把胃裡的東西連同膽汁全數吐出來之後，我覺得舒服多了。

雖然媽媽也痛快地罵了我一頓，最後仍把房間給擦拭乾淨，替我蓋上了棉被。我迅速鑽到被窩裡躺下，很快就感覺到房間地板變得溫熱起來。媽媽好像特地打開了從二月開始就不曾打開的地暖，腰部和骨盆感覺好了一些，但腹部卻痛得厲害，於是我轉身趴下，讓腹部貼在溫暖的地板上。在疲勞逐漸消褪的同時，我也進入了夢鄉。

那天晚上，我在迷迷糊糊之中有種濕濕熱熱的感覺，於是醒了過來。我有種不祥的預感，連忙爬了起來，將褲子和內褲一併脫下。上頭有淺褐色的痕跡。啊！我大出來了！最終，我在內褲上大了便，先前爭論我是隨地大小便的小狗的事也畫下了句點。我先跑到洗手檯去清洗下半身，換了一條新內褲，接著清洗沾上穢物的內褲。我在沒有打開任何電燈，將水龍頭開到最小，盡可能不發出任何聲音的情況下努力清洗內褲，雖然沒有完全清洗乾淨，但說實在的也看不太清楚。

幸虧院子裡的曬衣架上還晾著媽媽昨天洗好的內衣，於是我將那條內褲晾在其中以掩人耳目。昨天嘔吐的事多麼令人慶幸啊！還好肚子裡沒有任何東西，所以才只有內褲遭殃，不然說不定連褲子和被褥都要受到波及了。我再次回到房間躺下，清楚聽見了心臟瘋狂跳動的聲音。

相同的問題又在學校發生了，我早上一起床就上了大號，因為怕有個萬一，就連早餐都沒有吃，結果內褲又沾上了稀便。我看顏色要比昨晚得要淺，應該是拉肚子的症狀正在好轉，但當下沒有可以替換的衣服。雖然量只有一點點，但總之也不改它的本質。我著急地在廁所裡跺腳，喃喃自語著「怎麼辦？怎麼辦？怎麼辦？」

但又覺得好奇怪，我又沒有拉肚子，為什麼會有稀便呢？我可沒有在大笑或咳嗽的時候放鬆過括約肌，為什麼老是有大便漏出來呢？我低著頭看著沾到內褲的穢物，這時上課鐘聲響起，我只能先將褲子穿回去。反正也沒沾到很多，很快就會乾了吧？要是沾上了身體，之後再想辦法解決吧！

身體雖還沒痊癒，但我仍參加了體操隊的練習。其實我想多休息一段時間，只是怕早回家又會被媽媽碎唸。好久沒來體育館了，四年級的同學們很高興看到我，問我身體是否好了一些。大家聽說我生病的事了？聽誰說的？話說回來，我有說過我生病了嗎？向誰說過？大家一個接一個丟出各種問題，但在我支支吾吾著答不上來之際，又各自將注意力放在練習上。她們沒有等待我的回答，頓時好像有風陣陣灌進了我的胸口。

我在體育館內繞了兩圈，也做了側面劈腿。大家若無其事地坐著將雙腿往兩側劈開，把手臂往上伸展，轉動一下腰桿，還打了哈欠。教練要大家兩兩一組並面向彼此，結果除了我之外，其他同學全都很自然地找到配對夥伴，只有我一個人落單。

「來！盡可能把腿打開，和夥伴的腳尖靠在一起，然後抱著對方。」

大家的身體都很柔軟，很輕鬆就抱住了對方，彼此的身體貼在一起。教練看到我一個人東張西望，於是要我面向牆壁坐著，盡可能將身體貼向牆壁，我就這樣和牆壁變成了一組。身軀龐大的夥伴，你的態度好冰冷，而且又好沉默寡言啊！反正這就和平常我來體操隊時站在巨大牆面前沒兩樣，所以這並沒有讓我覺得太受傷。但是唯有我一個人背對著其他同學和教練，這件事讓我感到很孤單。我無法將雙腿打開到一百八十度，只能費勁地彎著腰，將腿打開一百五十度左右。

「馬妮，膝蓋要打直，腳尖是重點！」

標準的作法是將雙腿張開一百八十度，膝蓋打直，腳尖也要往前打直，但我無法同時完成這三個動作。只要打開雙腿，膝蓋就會自然彎曲，打直膝蓋之後，腳尖就會彎曲，腳尖打直了，又變成雙腿彎曲。教練走過來替我抓住膝蓋和腳，好讓我可以順利張開，並替我矯正姿勢，然後一如往常般嘆了口氣後又走了回去。

接下來做的是前彎，這次其他同學不僅將手掌貼在地面上，還把頭完全貼在腿上，彷彿在睡覺般，完全不打算挺直身子，而我只能勉強用中指尖碰到地面。從大腿到小腿肚澈底被拉緊，我不由自主地發出了呻吟聲，就在這時，在我後面拉筋的金靈眸大叫了起來。

「啊啊啊！那、那是什麼！怎麼回事！」

我還以為有蟑螂跑出來溜達呢！轉身一看，發現金靈眸露出驚慌與不快混雜的表情，而她看的正是我。

「喂！妳，妳……」

她話沒有說完，只是指著我的屁股。接著，站在旁邊的同學們也個個張大了眼睛，發出了既不是高喊也不是呻吟的聲音。看到大家的反應之後，站在比較遠一點的低年級學生也小心翼翼地走了過來。

「呃……」

「怎麼了？」

「唉唷，怎麼了？大家為什麼這樣？」

我拚命拉起褲子想看屁股怎麼了，卻怎樣都看不到。要是我的身體像那些同學柔軟的話，就能轉過頭確認我背後的模樣了。我無法掌握事態的嚴重性，只能帶著各種想法將身體扭來扭去。這時教練跑了過來，脫下自己的毛衣，包覆住我的腰部。

「馬妮啊！沒事、沒事，先去廁所一下吧！」

啊！大便！大便八成又漏出來了。雖然我為了拉筋而使出了全身力氣，但我什麼都沒感覺到啊！這也太令人傻眼了吧！我的大便，被大家看見了！我頭也不回地奔向廁所，可是等到我站在廁所鏡子前面，解開腰上綁的毛衣並確認之後，差點沒暈過去。

那不是大便，白色體操褲上被染出一個紅色愛心的形狀，就像猴子屁股一樣，那是初經。還有人像我這麼愚蠢的嗎？仔細想想，它也沒有散發任何味道，我卻從前一晚就認定它是大便。

雖然曉得青春期時會有月經，但我不知道原來我已經到了「那個時期」。也太早了吧！我應該是我們班上，不對，整個四年級中最早來月經的人。我的身高最高，胸部也開始隆起，媽媽、老師或者身邊的大人應該會事先想到並要我做準備，卻沒有人告訴我。這事來得太過突然，我又是丈二金剛摸不著頭腦，身上完全沒有攜帶任何必需的物品。

最後是教練給了我一片衛生棉，見我拿著第一次碰觸的粉色衛生棉前看後看，一副猶豫不決的樣子，於是教練親切地向我說明使用方法。我手忙腳亂地做好後續處理之後，脫下沾上鮮血的體育服並換回校服，這時才總算回過神來。

我被嚇壞了，又很緊張，匆匆忙忙地更換衣服，結果全身都被汗水給弄濕了。我一把抓起身旁的東西塞進書包，突然手指被教練柔軟的毛衣給纏繞住。毛衣已經變得皺巴巴的，而且可能是因為被我拖在廁所地板上，上頭沾到了泥水之類的東西，變得濕漉漉的。這件衣服好像很貴耶……

雖然羞愧到恨不得挖個洞躲起來，但還是覺得該向教練打聲招呼。我橫切穿過體育館，朝著教練走去，想向她道謝並說毛衣清洗完畢再歸還。大家紛紛表露出神奇、傻眼、疑惑與可憐我的表情，而我也覺得好神奇、好傻眼、好疑惑、好可憐，這些我都心知肚明，所以大家就別再看了。我快速穿越過各種複雜的眼神，站到了教練面前。

「謝謝老師，對不起！」

「沒什麼好對不起的，今天早點回家吧！妳應該嚇壞了，回家好好休息，吃點熱呼呼的東西。」

「可是，我剛才不小心把衣服弄掉在地上……我洗完之後再還給老師，對不起。」

「沒關係，直接給老師吧！這只是在體育館時隨便穿的衣服，妳不用太在意。」

教練說完後便快速將毛衣給抽走了，這件毛衣給人一種午睡到傍晚的舒服感，可是教練卻把這麼柔軟的衣服隨便拿來披著，與其這樣，還不如把它送給我。那時我以為弄髒了毛衣真的無所謂，但後來仔細想想，那件衣服好像不能隨便拿去洗。我將頭垂得很低，然後頭也不回地走出了體育館，這次如果回頭的話，就真的會變石頭了，一顆大石塊，所以這一次我真的沒有回頭。

回家之後，我把房門鎖上，從書包取出體育服，原本鮮紅色的汙痕變得更深了。啊！看起來真的好像大便。體操隊的同學們看到我的屁股之後會做何感想呢？刻在屁股上的紅字，如同法官敲下法槌，屠宰場的人在白色肉塊上蓋上等級章般，我的屁股上也被「匡」地蓋了一個章，那也是個用來評斷我的印章嗎？

所有的第一次都是朦朧唯美而充滿悸動的，但不包括這件事。我的身心都很不舒服，唯有冰涼柔軟的毛衣纏繞在手指上的觸感，是我對初經唯一美好的記憶。

我要媽媽讓我重新轉回附近的學校，結果媽反倒很冷靜地問我：

「理由是什麼？」

我很老實地全部說出來了，學校太遠，上、下學很累，體操隊的同學們都在準備大大小小的比賽，卻不給我任何機會。老實說，我的實力太過普通，所以比賽根本是在痴人說夢，總結來說，就是我不具有最低限度的才能。可能是我的回答太過誠實，媽媽過了好一段時間都沒有開口說話。

一九九〇年秋天，四年級下學期剛開始，我再次轉回了先前的學校，體操也很自然地中斷了。鴉雀要是隨黃鳥飛，自不量力的下場就是弄斷雙腿，不過搞不好當時我真的劈腿劈到腿斷了。

重新轉學回來之後，學校卻瘋傳著我在準備全國運動會的過程中不幸嚴重負傷，再也無法練體操的八卦。是我傳出去的，而且為了附和這項八卦，我總是帶著一張憂鬱又充滿故事的臉孔。轉學回來之後，惠善和我一次也沒有同班，就算在走廊上碰到，也只會露出尷尬的笑容，然後擦身而過。

放學回家的路上，我在沒有事先告知的情況下突然拜訪體操學院。在爬階梯時就聽到了震天響的音樂聲，我偷偷將門打開一個縫隙，發現現在是大嬸們上有氧運動的時間。我猶豫著是否該在門外等到下課，但偏偏又沒有可以坐下來的地方，而且階梯又很窄，所以就直接走入了學院。我安靜地移動腳步，在窗邊找了一個座位坐下，但院長仍然沒看到我。

院長一身大汗淋漓，正配合音樂開心地擺動著身體，並且一如過往般大聲喊著：「弓箭步！抬腿！踢！踢！踢！」來說明動作。直到結束一連串激烈動作，緩緩地大口做深呼吸時，院長才從鏡子裡和我對上眼神，並且很高興地大喊我的名字來迎接我。

音樂持續播放著，那些在做有氧運動的大嬸也繼續彎著腰做出動作，院長卻一直喊著：「馬妮！馬妮！」然後揮手要我過去。現在是要我到這些大嬸的面前嗎？雖然不曉得院長的手勢究竟代表什麼意思，但我還是先走到了前面。院長很熱情地擁抱住我，然後驕傲地在一群大嬸前面介紹我：

「這是去年在我們學校學習體操的學生，現在在體操名校上學。請大家好好記住這張臉喔！因為以後她會參加奧運。」

大嬸們紛紛拍手歡呼叫好。我天真的師父啊！現在我已經對體操名校知難而退，而且往後也不會去參加奧運。我沒有自信在這麼多的大嬸面前坦誠，先不管我會丟臉這件事，要是我真的說出來，師父就會因此顏面掃地。

等大嬸們都打道回府之後，院長如同初次見到柯曼妮奇那天般問我肚子餓不餓。雖然我很想再次嚐嚐院長的牛排，但我卻回答自己不餓，院長帶著滿是欣慰的表情，眼神一直無法從我的臉上移開，同時一直輕輕撫摸我的頭。

「很累吧？」

我稍微猶豫了一下，然後誠實地說我其實放棄了體操，又轉回原來的學校了。院長露出比媽媽更失望的表情，總是講話輕聲細語的她，吃驚得連話都說不出來。

「究竟是為什麼？妳明明練習得那麼辛苦。」

我沒有自信能夠誠實說出原因，所以扯了在學校時所說的謊，說在練習時受了傷，再也無法練體操了。只要我搬出這番說詞並低下頭，朋友就會露出詫異的表情，然後默默閉上嘴巴，可是院長用更吃驚的表情問我：

「傷到哪裡？怎麼受傷的？傷得有多嚴重？」

啊！我事先沒想到這點，我究竟是傷到了哪裡？瞬間，我想起了金靈眸的事。於是我結結巴巴地說，我在練習時傷到了腳踝韌帶，可是因為忙著準備比賽，沒能好好接受治療，最後發炎了，偏偏這時候又傷到同一個地方，以致到了無法挽回的程度。我很怕院長會問我是在練習什麼時受傷，醫院是去哪一家，還有是否動了手術，但幸虧她什麼都沒問，反倒溫柔地拍拍我的背部，安慰我說腳踝很快就會沒事了。其實腳踝一點事都沒有，當然了，畢竟腳踝從來都沒受過傷，真正有事的是我的心。

「老師也是因為受傷才放棄跳舞的。」

原來如此，所以她才會成為一間位於郊區的各式舞蹈學院院長啊！小時候的院長肯定不會夢想著要過這種人生，上午教導鄰近的大嬸們有氧運動，下午則教導我這種冒失鬼體操。我並不是說這種人生沒有價值，而是院長自然會想把自己選擇的舞蹈跳好，也想繼續跳下去，並且在這塊領域出人頭地。

我所認識的所有大人都沒有實現兒時的夢想，院長如此，教練好像也是如此，還有雖然沒有仔細和父母聊過，不過他們過去應該也懷著其他夢想。還有，我也成了沒有實現夢想的其中一名大人。也許，所謂成為大人，代表的是必須戰勝失敗的人生。

我對院長有很多好奇的事，但我也沒有問院長是怎麼受傷的、傷勢有多嚴重、現在是否感到後悔，包括當初學跳舞的事、過去所付出的努力，還有對於放棄這件事的看法。我的腳踝真的開始發麻了，我不自覺地彎曲膝蓋，輕輕摸起腳踝。院長凝視著這樣的我，然後說：

「就算是這樣，也不要澈底丟掉。」

「什麼？」

「我是說體操，不要完全放棄。」

對於一個出生以來初次擁有夢想卻只能黯然放棄的十一歲孩子來說，這番話在理解範圍之外。請別說現在斷定失敗還太早，或者妳已經盡力了，所以不要後悔，又或者說什麼把它當成興趣不就好了。我已經澈澈底底地失敗了，我甚至沒有竭盡全力，而且也無法把這種高檔的事當成興趣，我只是露出微微一笑。

「成為選手並不是唯一的路，研究理論也不錯，畢竟有很多相關協會、機關或廠商。做久了之後，可能會發現其他的路，也會有其他機會。馬妮妳現在還小，可能還沒想這麼深入，不過人生要碰到自己真正喜歡的事並不容易。」

我就是想成為體操選手，想參加奧運奪得獎牌，當選手就是我唯一的路。如今我依然這麼想著，只是看著院長充滿真心的明亮眼眸，我無法將這些話說出口。

總之，偶爾我會將房門鎖上，一個人做起側滾翻。每當快要忘記這件事時，就會聽到熟悉的名字奪得獎牌的消息，而我不禁想著，躲在房間角落做側滾翻又有什麼用？那時年紀還太小，不懂得院長那番話的涵義，而我和體操也漸行漸遠。

猶如暗號般斷斷續續

我曾經偶然在路上碰見兒時的朋友，我只覺得她長得很面熟，但完全想不起她的名字，結果那位朋友興高采烈的，一下子就喊出我的名字。我則是老實地說，想不起她的名字。

「我是智善啊！李智善。」

「啊！對了！智善。」

我還是不知道，抱歉了，智善。

「我的名字太菜市場名了吧？因為妳的姓名很特別，所以我才會記得。大家都說妳和柯曼妮奇的名字很相似，又同是體操選手，妳現在還在練體操嗎？」

智善說，只要電視轉播奧運或全國運動大會那類的比賽，就會仔細留意有沒有出現我的名字。看來我們以前真的很不熟，所以她才會連我那短暫的體操經歷如何告吹的都不曉得。我回答，因為受了傷，體操已經中斷很久了，還反射性地說出是

「腳踝韌帶受傷」。

隨著年紀增長，關於兒時犯錯、貧窮、無知的記憶都會變成遙遠的回憶，所以過去的事大部分都誠實以告，唯獨體操這件事，過了二十年了，我還是無法坦誠面對。「原來是這樣啊！」智善像是安慰我般，輕輕拍了拍我的肩膀。說謊這件事令我覺得不自在，莫名被安慰也讓人很尷尬，所以我聊起了別的話題。

「妳也還住在這裡嗎？之前怎麼一次也沒碰到？」

「啊！我只是回娘家一趟。」

娘家？嗯……智善小時候在這裡讀小學，父母迄今也還住在這裡，所以應該和我一樣，一直是在這社區長大的。把住了一輩子的家稱為「娘家」的心情是什麼樣子呢？因為不知道要繼續聊什麼，所以我們兩人只能尷尬地邊笑邊點頭，然後慌慌張張地分道揚鑣。我再度爬上坡道，想起了柯曼妮奇，好久沒聽到柯曼妮奇這個名字了。她現在還活著嗎？應該還活著吧！她只是成名的早而已，後來發現，她比我媽還年輕呢！

父親經常看體育賽事的轉播，但這並不代表他對運動有何獨到見解、有感興趣的項目，或有特別支持的隊伍，他似乎只是覺得，男人就應該要看體育賽事。父親在看體育賽事時，媽若是過來將電視頻道轉到新聞、音樂節目或電視劇，那麼他就會一言不發地看轉臺後的節目。

其實，對運動一知半解的父親，和因為不了解運動，所以不看體育賽事轉播的媽，還有只要可以不念書，不管什麼電視節目都來者不拒的我，也曾上下一條心，一同觀看體育賽事轉播。那是在舉辦奧運的時候，我們突然搖身變成愛國之人，為我國的選手應援，而且也很認真地關注總排名。明明連規則是什麼也不懂，就罵選手、罵教練、罵裁判。每當舉辦奧運的時候，父親就會像是勾起昔日回憶般露出懷念的表情說：

「總之啊！這些共產的傢伙就是對運動在行。」

「為什麼？」

「還問為什麼？妳想想看過去蘇聯還在時，不是老是拿冠軍嗎？蘇聯、中東、匈牙利、羅馬尼亞……能拿的獎牌都被共產的傢伙搜括走了。」

「所以啊！為什麼共產的傢伙對運動在行？」

「當然是因為做了很多訓練啊！」

此時，在一旁聽我們說話的媽插嘴說道：

「聽說要是沒拿回獎牌，就會全部被拖去阿吾地礦坑。不是只有自己被拖走，就連父母、兄弟姊妹也會被一併抓走。」

在一般情況下，都不會嗆媽所說的話或回嘴的父親，終於也按捺不住地說了：

「蘇聯哪有什麼阿吾地礦坑？阿吾地礦坑是在北韓！」

「蘇聯也有類似的地方吧？就算不是叫做阿吾地也一樣，只要無法拿回獎牌，不都會被抓走嗎？所以他們才會豁出性命去參賽吧！」

父親好像想說什麼，但只是「唉！」了一聲，背過身坐著。我頓時有種毛骨悚然的感覺，原來蘇聯也有像阿吾地礦坑一樣的地方啊！我聽說了很多關於阿吾地礦坑的事，《聰明將軍》〔註10〕裡也有出現過。如果沒有完成被分配的勞動量，或者起而反抗，就會全部被帶到阿吾地礦坑工作，片刻不得休息。披著野狼外皮的共產黨還會監視人民、鞭打人民。對幼小的心靈來說，北韓真的超級恐怖，其中又以阿吾地礦坑最為可怕。在我成長的過程中，反共教育還實施得很徹底，所以有這種想

〔註10〕：一九七八年上映的韓國劇場版動畫片。雖然是小孩子看的漫畫，但因為出自於冷戰時期，其中含有許多反共思想與反統一的內容。

法也不足為奇。

我看著父母兩人針對阿吾地展開口水大戰，突然想起了柯曼妮奇。我以為就像大部分的運動選手，柯曼妮奇也會隨著年歲增長，體力逐漸走下坡，最後自然而然隱退。我以為她會靠著年輕時期賺來的錢安享天年，然後躺進電影中常見的那種敞開的棺材，因為當時我以為柯曼妮奇已經撒手歸西了。

可是！可是柯曼妮奇的國家——羅馬尼亞，不是和蘇聯一樣是共產國家嗎？我頓時感到絕望，該不會柯曼妮奇也被抓去阿吾地，又或者雖然不叫阿吾地，但總之是跟那相似的礦坑，然後在那兒死於非命吧？那名柔弱的少女是能挖多少煤礦啊？我連羅馬尼亞有無煤礦或天然氣都不曉得，自顧自地忿忿不平。

隔天一到學校，我就把書包丟在教室，跑到圖書館去找與柯曼妮奇相關的書。全部都只記錄到一九七六年蒙特婁奧運為止。所謂的萬眾矚目，不過就是轉瞬之間的事，我好不容易才在運動雜誌的角落，找到柯曼妮奇退役後的一張照片，頓時感到安心，還有失望。

一九八九年十一月，我把體操項目當成目標，在有氧運動學院埋首練習時，柯曼妮奇經由匈牙利和奧地利，逃亡到美國，我所看到的照片就是她到美國入境時，在甘迺迪機場拍攝的。首先，我很慶幸她沒有被抓去阿吾地礦坑，但是我的前生、我的繆斯、我的精靈——柯曼妮奇，和我的想像天差地遠。她身穿黑藍色的牛仔外套，戴著厚重的金耳環，雙頰還用粉紅色擦了大片腮紅。

那時，就連我媽也不擦腮紅。媽化妝時的最後步驟——用無名指指尖沾取塗在上眼皮的橘色眼影，輕輕點在顴骨上的動作，也不知從何時開始被省略了。我問媽為什麼最近不在臉頰上妝，結果媽搖了搖手說：「啊喲！太俗氣了。」

就是這樣，雖然就和所有的流行一樣，化妝的潮流也來來回回，但那時擦腮紅是很俗氣的。我覺得有點失望，為什麼？為什麼要穿那種青春洋溢的衣服、塗抹誇張的妝容，還擺出尷尬的笑容？我覺得自己快哭出來了。

當時羅馬尼亞是由獨裁者尼古拉・西奧塞古掌權，經濟是一場糊塗，甚至國民需要擔憂能不能飽餐一頓。終究是死路一條的人民，橫跨多瑙河大舉來到匈牙利，羅馬尼亞政府則是毫不留情地槍擊了他們，美麗的多瑙河於是成了一條死亡之河。聽說曾是國民英雄的柯曼妮奇，也沒有獲得特別的獎勵或援助，而且在這時，甚至還流出她淪為尼古拉・西奧塞古和他兒子性玩物的傳聞。最後，柯曼妮奇只能黯然離開祖國。過沒多久，獨裁者尼古拉・西奧塞古因叛變與殺人的嫌疑，被宣判死刑，立即執行槍決，當時恰好是聖誕節。

逃亡之後，柯曼妮奇的人生沒有就此一帆風順。如同那些早年在某個領域嶄露頭角的英才，柯曼妮奇也沒有機會體驗體操之外的平凡生活。再加上她不諳英文，可是卻陰錯陽差來到了美國，接二連三地碰上了騙子。即便如此，最後她仍苦盡甘來，遇上了好男人，結婚生子，致力於培育後進，現在則如童話故事的結局般，過著幸福快樂的日子。

不知為何，就連這個快樂結局都令我感到悲傷。那些有別於我的人生，柯曼妮奇所生活的時空、遙不可及的一切，曾經是我的幻想，可是她卻像我一樣，立足在這可悲的現實中。柯曼妮奇同樣被波濤洶湧的歷史捲入，在世界的風浪之中沉浮著，為了存活下來而奮力掙扎，若是套用媽的說法，就是命很硬的女人。一張柯曼妮奇的照片讓我心痛了許久，我就像試著遺忘往日的情人般，竭力對她的消息視而不見。

在我沒有一份像樣的工作，在各種地方輾轉來去的時期，某個週日下午，我和媽煮了炸醬麵吃，一併解決了早、午餐，同時不停切換電視頻道，結果畫面閃過了柯曼妮奇的身影。我再度慌亂地按下遙控器按鈕，那是一個廣告，但不是中年的柯曼妮奇所拍攝的廣告，而是曾經令我感到全身顫慄的一九七六年蒙特婁奧運高低槓比賽場面。

畫面中除了柯曼妮奇之外，還有另外一位女子選手娜斯蒂亞・柳金，她和三十年前的柯曼妮奇一樣，是在美國有體操精靈之稱的選手。柯曼妮奇和娜斯蒂亞在雙槓上搖身變成夢幻組合，配合得天衣無縫，著地之後，兩人凝望著彼此，交換「我們做到了」的眼神。雖然這場面是合成的，但兩人的臉部表情、視線和頭部的方向都極為自然。

廣告用這樣的口白結尾：「只要相信就能辦到。不可能，什麼也不是。」哈！要談什麼相信不相信之類的，就去教會或寺廟說吧！

「相信只要靠心，行動靠的卻是身體。」我一點也不喜歡這類的話，像是什麼只要殷切祈求就會實現、努力不會背叛你，或是關鍵就在於意志力之類的。對於手上一無所有的我來說，那聽起來就像在指責我祈求得不夠殷切、努力得不夠，還有缺乏意志力，而我，逐漸變成了那樣的人。

儘管嘴上如此嘲諷，我仍將影片下載下來，在家裡和在公司工作時各看了一次。每當我戴上耳機，聽著廣告音樂和口白，昔日的回憶就會緩緩浮現。我很努力不去想它們，那些我希望能夠從我的人生中整個刪除的時光。只要想起當時的我，當然確實年紀還小，但也真的太小又太不懂事了。我覺得好慚愧，但是每天看著柯曼妮奇的影片，才發現自己很懷念那個時候。真正應該慚愧的，不是年僅十一歲、懷抱著當體操選手的夢想去上有氧運動學院的我，而是二十五歲時為那些時光感到慚愧的我。

我過去的英雄，納迪婭・柯曼妮奇，韶光荏苒，她的國家、那個國家的信念以及她的人生都殞落了，而她成了一則過去的故事，沒有帶來特別的感動或教訓，逐漸被人們所遺忘。但是，柯曼妮奇總會偶爾像這樣介入我的人生，雖然這並非柯曼妮奇的本意，不！柯曼妮奇應該是初次聽說這件事。總之，柯曼妮奇對我來說成了某種意義。應該說是刺激嗎？或者是引起我的注意力？總之就是能夠讓犯睏的腦袋瞬間清醒的東西。

所謂的人生，過久了自然就會變成得過且過，但偶爾仍有必要像這樣確認自己的足跡和身處的位置。雖然，即便知道了也無法改變什麼，但總比渾渾噩噩過日子來得強。

最後是父親把同意書拿回來了。他帶著「不管是辦公室還是什麼，都會把它砸得稀巴爛」的想法，拎著一根炒年糕的勺子跑去。我猜是和我說過話的那位年輕職員哭喪著一張臉表示，公司有公司的原則和程序，無法隨便將同意書退回，反覆說著：「請您先把那根勺子放下，有話好好說。」就在此時，先前和父親一起到派出所的金先生回到辦公室，看著那一根大勺子許久，最後一副無可奈何的樣子，退還了同意書和各種資料，同時還再三吩咐千萬不能告訴其他公會會員。

聽完父親英勇的事蹟之後，我依稀想起了電影的某個畫面，和整個事件交疊在一起。公會辦公室是銀行，而父親是打算搶劫的強盜，勺子則是槍枝。這，居然變成了一部犯罪黑色電影，父親與媽兩人一臉嚴肅，我卻忍不住笑了出來。

「真沒想到勺子可以變成這麼具威脅性的武器呢！」

「畢竟是開店用的大勺子，跟一般看到的勺子尺寸不一樣。要是看到原本習慣的東西突然變成其他顏色或尺寸，大家通常都會被嚇到。」

父親，那些人害怕的不是勺子，而是拿著勺子出現、蠻不講理的你。總之，我們順利拿回了同意書。

幾天後，晚上我和媽正在吃飯，我的手機突然響了起來，是父親打來的。

「喂……」

我還來不及回完話，電話那端的父親就率先慌張地說：

「妳聽著就好。」

「什麼？」

「妳和媽媽在一起嗎？」

「是。」

「那妳只要回答就好。」

「今天我打算早點關店，晚餐時間過後，就打算把店關了。其實，現在正值晚餐時段，卻沒有半個客人。」

我們一時都沒有說話。

「八點在大馬路的啤酒屋碰面，一起喝杯酒吧！我有話要說，知道了嗎？」

「是。」

「那我掛電話了，別跟媽媽說。」

「嘟！」

媽目不轉睛地看著我。

「誰打來的？」

「嗯？喔！是之前的同事宋小姐，她約我等一下去喝一杯，說她剛好有事來這附近。」

媽調整了一下拿湯匙的動作，用很無言的眼神看著我。

「宋小姐？比妳小六歲還是幾歲的那個宋小姐？」

「嗯！」

「妳接電話之後，很恭敬地說了兩次『是』。」

這下糟了，就在我猶豫著該如何辯解時，媽嘆了口氣繼續說：

「唉！妳這傻丫頭，就連在自己底下做事的人面前都要畢恭畢敬的。妳就是看起來這麼好欺負，才會最先被裁員。她沒有被裁員吧？」

「嗯！可是，她好像也滿危險的，因為公司本來狀況就不好。」

我低下頭，默默地吃著飯。雖然我要見的人不是宋小姐，但媽說的話沒錯，我的確很傻，看起來很好欺負，也比宋小姐更早被裁員。吃完晚餐之後，我穿著身上老舊的運動服，套上了一件掉了一顆鈕扣，還有一顆鈕扣的縫線拖得很長的厚毛衣走出大門，這時媽說了一句：

「穿像樣一點再出去！待在家裡混日子，妳覺得很驕傲嗎？那位小姐既然是剛下班，肯定會穿得很正式，這樣兩人不就形成對比了嗎？」

「不用了，反正就在附近而已。」

接著，媽又衝著我逐漸遠去的身影喊了一聲：

「妳可別付酒錢啊！聽到沒有？妳最近又沒有在賺錢。」

還沒到八點，我就來到了啤酒屋，父親比我更早到，已經喝起了啤酒。他沒有點任何下酒菜，一口氣就點了一公升的啤酒，倒在杯子裡獨自喝著，這樣啤酒的氣就全跑掉了嘛！怎麼不先點五百毫升就好？我一言不發地坐在父親面前，近看發現父親蒼老了好多。我怎麼也沒想到，這輩子會有和父親面對面喝酒的一天。

「怎麼不點個下酒菜？」

「店裡剩下了很多辣炒年糕和炸物，我把那些都吃了，所以吃不下。」

想到年近七旬的父親，一個人默默拿起炸物沾著年糕醬吃的模樣，不禁覺得有點心酸，又覺得有點搞笑。總覺得這好像是我的錯，所以心裡很不好受，接下來是一陣尷尬的沉默。

「妳也喝一杯吧！」

父親在我的杯子裡倒了啤酒，我用雙手包覆住酒杯，接下了酒。泡沫咕嚕咕嚕地冒出，眼見就要溢出來了，我連忙放到嘴邊，一口氣喝下了那些泡沫。啤酒順著乾澀的喉頭流下，頓時感到涼爽又暢快，於是我反射性地打了個嗝。我覺得自己在父親面前喝得太過豪邁，所以很難為情地轉過頭，再用很秀氣的方式喝了一小口。

「自在一點吧！其實我喜歡喝燒酒，但總覺得妳喜歡啤酒。」

「要點個下酒菜嗎？」

「嗯！點個妳喜歡的吧！」

我們兩個都已經吃飽了，所以我選了明太魚乾。我們有好一段時間都沒有說話，只是默默地喝著酒。我應該要先親暱地聊起各種話題，但話只在嘴邊轉，一句話也說不出口。

「我打算把房子賣掉，妳有什麼想法嗎？」

過了好一會兒，父親開口直接進入了正題。

「什麼！」

「房子。唉！那個讓人操心的玩意，自從說起都更還是什麼的，它就不再是房子，而是個讓人操心的玩意。我的意思是，把房子賣掉，搬去別的地方。」

「可是媽一心等待著大樓落成……」

聽說「又」有問題了，經濟不景氣，未售出的大樓一棟接一棟出現，金融圈拒絕了中期付款機構的貸款，利息也不斷上漲。出售大樓的市場反應不佳，S洞、公會和建設公司之間出現了衝突。大部分的鄰居都知道公會會長不是個值得信賴的人，但建設公司打算抽手的事，目前只有房仲或和公會關係匪淺的幾名人士知情，父親是從做房屋仲介的柳大叔那邊聽說的。

「聽說目前，真的，幾乎沒有人知道，所以現在公會弄了什麼委任書和同意書，想要扯住公會員的後腿。那媽怎麼辦？要是這次又翻盤，媽的失望、挫折、空虛感和憤怒該往哪兒發洩？啊！怎麼辦？我又要怎麼承受這一切？」腦袋頓時變得一片混亂。

「柳先生說可以幫我們賣貴一點，好像現在還有什麼都不懂的人打算入手吧！可是聽說消息馬上就會傳開，所以現在趕緊把房子賣了，搬進妳媽一直想住的大樓怎麼樣？」

夜晚回家的路上，每當我搭著公車或一號線地鐵望向窗外，就會看到城市的夜晚宛如一張閃閃發光的方格紙，上頭有著像是被描繪出來的方格子，其中則是猶如暗號般的燈光。一盞燈暗了，另一盞燈亮了，又有一盞燈暗了……那一個方格子，到底算什麼？

「我們家就算開價再高，又能多幾毛錢呢？賣掉這棟房子之後，又能搬去哪棟大樓？」

「我去了幾個柳先生介紹的地方，也有覺得不錯的，只要換一次公車就能進到首爾市區。」

啊？進首爾？也就是說，我們現在要搬到首爾「外頭」啊！搞不好我會因此離開出生以來住了一輩子的故鄉呢！但那又怎麼樣？我為什麼無法想像要離開首爾？現在首爾和我一點關係都沒有，反正我現在過著晚上睡覺、白天盯著天花板胡思亂想，不然就是做徒手體操或看書看到睏為止，肚子餓了就把白飯、麵包或泡麵放入嘴裡的生活，無論是住在首爾、釜山、仁川、盧森堡或布宜諾斯艾利斯都無所謂。

「您什麼時候去打聽的？」

「沒客人時就抽空問一下。」

換一次公車到郊區，走進房屋仲介，看完房子再搭車回來，這些時間果真能稱為「抽空」嗎？看來真的抽了不少空啊！全首爾最為鬱悶低潮的一對父女，此時眼前放著明太魚乾，兩人面對面坐著。

父親是全首爾最多蒼蠅飛來飛去的小吃店老闆，就算整天不在店裡，也和整天在店裡翻炒年糕時的營業額不相上下，每天晚上則用剩下的年糕和炸物填飽肚子。至於女兒，沒有朋友、男朋友和工作，無論去哪裡都無所謂的無業遊民。明太魚乾依然維持原狀，只有酒一直減少，冷掉之後，明太魚乾變得又乾又硬。唉！這如同明太魚乾的人生啊！

「就按您的想法吧！我贊成。」

父親點了點頭，拿起一片明太魚乾放入嘴裡，咀嚼起魚乾，然後問我：

「我有件好奇的事……」

我突然緊張起來。要說什麼？父親猶豫了好幾次，而我也追問了好幾次之後，父親才好不容易開口說：

「妳為什麼叫我父親？」

瞬間腦袋閃過了成千上萬的想法，父親醉了嗎？該不會、該不會我不是父親的女兒？這是電視上演的什麼出生的祕密？媽，原來妳過的青春比我知道的更為輝煌燦爛啊！

「這有什麼好問的，因為您是我的父親啊！」

「我的意思是，妳對著妳媽喊著媽媽，卻為什麼叫我父親？妳從小就這樣叫我，而不像其他女兒會喊爸爸。」

「啊！這個嘛！嗯……」

我一時答不上來。到底為什麼呢？在我最早的記憶中，我也如此稱呼父親。「不像其他女兒。」我從父親的這句話裡頭，感受到累積三十多年的失落。可是別說要我像其他女兒一樣親暱地挽著他的手臂喊爸爸了，我連並肩和父親走在一起都無法。

這是我出生以來和父親說過最多話的一天，卻覺得更有距離感了。當我們像八旬的老夫婦般，彼此距離一公尺左右，一前一後走在回家的路上時，我一直想著同一件事，「像其他女兒一樣」，「像其他女兒一樣」。

看著青蔥露出溫柔笑容的人

早晨突然溫度驟降，飯桌卻端上了海帶冷湯。媽端著宛如寶石般有稜有角、朝著四面八方分散日光燈光線的玻璃碗，咕嚕咕嚕地將冷湯喝下。

「冬天喝什麼冷湯啊？不覺得冷嗎？」

「就是啊！最近真奇怪，腹部一直有火氣上來。」

「媽大概是進入更年期了。」

媽用指尖用力戳了我的額頭一下。

「妳媽很快就六十了，現在還說什麼更年期，是老年期了。唉唷！所以我才會一肚子火啊！孩子就這麼一個，對媽媽一點都不關心，自己都要更年期了，也不趕快嫁人。」

「媽不是叫我別結婚嗎？」

「我什麼時候叫妳別結婚了？我只說，沒有想過而已。」

意思還不都一樣？我舀了一勺海帶冷湯放入嘴巴，口腔內充滿了冰涼的酸味，頓時精神全都來了。我不禁想，是否就是因為這樣才一大早讓我吃這個。而且好像還放了辣椒切片，鼻尖一陣嗆辣，從舌頭、喉嚨到肚子都辣呼呼的。

我伸出了舌頭，發了一會兒的呆，結果媽又將整碗冷湯拿起來喝。難道媽知道了什麼嗎？經過與父親的祕密聚會之後，我便有意無意地開始注意媽的一舉一動。這件事終究紙包不住火，最終還是得向媽說清楚前因後果，取得媽的同意才行，但父親和我卻一個勁地裝傻。

晚餐又出現了海帶冷湯。晚上的空氣比早上更冷，但父親只穿了一件薄的棉夾克出門，這時正好縮著肩膀回到家裡。媽則是在父親面前放了上頭還有冰塊漂浮的冷湯，而父親什麼話也沒說，將一整碗冷湯喝得乾乾淨淨。

仔細想想，父親總會擺出一副像是嫌麻煩又漫不經心的樣子，拿抹布擦地板、熨衣服，還有整理冰箱和整理鞋櫃之類，需要下定決心才會處理的家事，但從來都沒看過父親做菜。還有，在我的記憶中，父親從來不曾對媽煮的食物有任何不滿。不管好吃或不好吃，分量多或是少，就算相同的菜吃了兩次、三次、四次，父親仍會把飯桌上的菜全部吃得清潔溜溜。要是我嫌棄小菜怎麼樣，媽就會悶不吭聲地撇著嘴，反倒是父親一定會訓斥我：

「不想吃的話，妳自己去煮。」

接著，他會對媽說：

「以後不用煮她的飯。」

在我三十歲、二十歲、十歲時，還有更小的時候都是如此。我記得在六、七歲的時候，聽到父親的這番話之後覺得很傷心，於是忍不住回嘴說：「我年紀這麼小，要怎麼煮飯？」結果父親狠狠罵了我一頓，要我不會煮飯就懷著感恩的心吃飯，罵到我哭出來。儘管如此，我依然繼續挑三揀四，等到長大之後，外食的機會變多，看到媽一成不變的飯菜，我又開始發牢騷。明明我一個人在家的時候，也只有煮泡麵時才會打開瓦斯爐開關。我，就是這麼不懂事。

父親最先吃完晚餐，將飯碗疊在湯碗上頭說：

「明天房仲會帶人來看房子，所以家裡要有人在。」

啊！父親，您也太突然了。知道前因後果的我感到很慌張，但被蒙在鼓裡的媽媽倒是很泰然，到目前為止是這樣。

「嗯？什麼？誰要來看什麼房子？」

「我要賣掉這間房子，已經有人要買了。他們不是要買來住的，不過既然說要來看看，還是把桌子搬開，打掃一下吧！」

「你到底在說什麼？不是買來住的？不然買來幹嘛？」

啊！媽，妳怎麼這麼沒眼力。父親稍微低下頭，壓低音量說：

「都更還是什麼的又翻盤了，這件事我們自己知道就好。」

父親開始說起一長串的說明。令人意外的是，媽沒有發脾氣，沒有打斷爸說話或反問什麼，很冷靜地聽到了最後。接著，媽像是吞雲吐霧般鼓起嘴巴，「呼！」吐了一口長長的氣。我不由得擔心了一下，緊緊閉上嘴巴，輪流看著兩人。過沒多久，媽拍了拍自己的膝蓋，猛然站了起來。

「好，來打掃吧！你把飯桌搬出來，馬妮把桌子擦一擦。」

咦？媽怎麼一點反應也沒有？父親和我露出些微疑惑的表情，先按照媽的指示去做。我拿起被捲成條狀之後被塞到房間角落的抹布，父親則是抬起飯桌，跟在媽後頭。

「可是，這件事從頭到尾是你一個人決定的嗎？為什麼？我、馬妮……還有這間房子是你的嗎？你想怎樣就能怎樣嗎？」

父親放下飯桌，將雙手併攏站著說：

「所以現在才會來取得妳的同意啊！我們賣掉房子吧！好嗎？」

「看你的表現。」

在媽洗碗的時候，父親將散落在電視架和收納櫃上，布滿灰塵的通知單、信用卡明細、指甲剪、花牌盒、放很久的消炎藥水、簽字筆和剪刀等收到抽屜內，而我則是拿著抹布跟在父親後頭，仔細將電視架、收納櫃上方和窗框，甚至是電源開關都擦拭乾淨。

我在這間房子住了一輩子，有關搬家的一切都是第一次。為了讓房子能夠賣個好價錢，我們應該替來看房子的人準備什麼？話說回來，要買這間房子的人應該希望房子可以趕快倒塌吧！打掃又有什麼用？

跟著房仲柳大叔來看房子的人，是一位年過四十五歲、安靜斯文的男人。他只站在庭院看了一下四周，試著拉一拉大門，還有小心翼翼地看了庭院的狗屋而已，一步也沒踏進我們昨晚辛辛苦苦整理的玄關內。媽和我只是呆呆地站著，但柳大叔卻表現出非常羞愧、不知如何是好的樣子。再怎麼骯髒、老舊、狹小，這裡也是我們家，為什麼那位大叔要這麼坐立不安？

「反正房子馬上就要拆了，何必親自來這一趟呢？哈哈哈！」

「總得親自來看看是什麼樣的房子，是什麼樣的人住在這裡，和我之間是不是有緣分嘛！我這麼看下來，覺得房子很乾淨，屋主太太給人的印象也很好，看來是個福星高照的地方呢！」

大叔，老實說，這間房子一點都不乾淨吧！還有，如果是個福星高照的地方，我們還會過著這種生活嗎？不過，雖然他只是隨口說說，聽起來感覺還不賴。

聽說這位先生是買來投資用的，卻表現得好像是第一次買房的貧窮家庭般，一副激動不已又小心翼翼的表情。他摸了摸大門，也試著轉動院子水槽的舊式水龍頭，還喜孜孜地看著放在玄關前的花盆。柳大叔也不知道在幹嘛，摘下了一點青蔥，用門牙咬了咬，然後皺著眉頭連聲喊「呸、呸、呸」。這位先生只是看著柳大叔冒失失的舉動，露出牽動嘴角的從容微笑。

他似乎在其他都更區域也擁有幾棟別墅和住宅，但並不是專門的投資客，只是普通的上班族。自從他在房地產市場景氣好的時機點，用閒錢投資的大樓在幾年內翻倍之後，除了一般買賣，他還會透過拍賣、出售等各種管道買進、轉賣大樓和住辦合一大樓，也因此一夜致富。儘管現在任何人都無法對房地產市場保持樂觀態度，但這名男人無法停止投資，畢竟一個人不太可能做出違背自身經驗的決定。

「這位太太、小姐，真不好意思一早就來叨擾，請問簽約時兩位會同行嗎？」

「對！孩子的爸會去。」

男人說自己也有一個女兒，但女兒最近處於青春期，兩人之間無法溝通，完全不知道女兒內心在想什麼。說到一半，他突然意識到自己的失態，說了句：「我怎麼在講這些呢？」很難為情地呵呵笑了起來。接著，他謙遜地朝我們敬個禮，然後就轉身離去了。就連他的背影看起來都很體面有禮貌，先前對於有個有錢人要買我們家房子去蓋自家大樓時的抗拒感和憤怒緩和了許多。

那天，父親沒能順利和男人簽訂合約。父親在搬熱水要煮魚板湯時，支撐魚板盤的扣子斷掉，導致湯汁全潑到了腿上。雖然不是正在煮沸的熱水，但熱水一口氣潑下來之後，從右大腿到腳踝受到了嚴重燙傷。父親用冷水沖了沖受傷的部位，將店面的鐵門拉下來，然後就像我決定轉學的那天一樣，自己搭著計程車去了醫院，回來才告訴我們這個消息。媽問父親為什麼不打電話、傷勢狀況如何，還有是否去了房屋仲介那裡，而父親只是帶著深不可測的表情看著媽，然後搖了搖頭。

在父親去醫院的時候，只請了半天假的男人必須回到公司上班，並且說已經因為房地產的問題請假了好幾次，被主管盯上了，無法再請假。父親已經和要搬去的大樓簽好合約，所以變得很心急，擔心男人是不是聽到了什麼風聲，改變了主意，提心吊膽地催了柳大叔好幾回。最後是柳大叔硬是喬出時間，三人才在某天深夜到房仲那邊碰頭。

合約金為房價的百分之十，沒有中期付款，搬家的日子就在一個星期後，說好當天要收取餘款並轉讓所有權。雖然這方法不太保險，但因為時間緊迫，所以也別無他法。媽一臉不可置信地問：

「我們應該不會發生沒房子可住或錢被吞掉的狀況吧？」

「就是為了避免發生這種事，才會有仲介從中協助交易啊！」

父親講完之後，自顧自地點了點頭。我們現在感到很不安，就連做生意大半輩子的父親，也是第一次進行金額如此龐大的交易。再說了，這件事攸關我們一家三口要吃、要住、要睡的房子。而我，心情變得好奇怪。我們打算盡快把鉅額的房子——當然，雖然我們家不是什麼豪宅，但房價也不是只有一、兩毛——賣給一個一無所知的男人，講白一點，我們是在騙他。

簽完合約的隔天，我總覺得心裡過意不去，所以跑到外頭漫無目的到處亂晃，最後走進了父親的店面。有兩個看起來像國中生的女孩子，把那些讓人聽了很尷尬的穢語當成了語助詞或感嘆詞，像機關槍般說個不停。我狠狠地咬緊牙根，想按捺住自己跑去說她們兩句的衝動，後來整個下巴都發麻了。是我老了嗎？變成老古板了嗎？可是父親卻若無其事地切著蔥花裝入桶子裡，從很大的袋子裡取出一把魚板，放進湯裡，然後開始攪拌辣炒年糕。

兩個孩子吃完辣炒年糕後，從各自的書包中取出小化妝包，在嘴唇上塗滿了宛如草莓醬的鮮紅色唇膏，從座位上起身，接著依然嘻嘻哈哈地邊罵髒話邊結帳。父親心不在焉地收下紙鈔，將零錢找給她們，並要她們下次再度光臨。父親難道覺得無所謂嗎？感覺變遲鈍了嗎？我自言自語地嘟囔著：

「哇！最近的孩子怎麼講話都這麼粗魯，妝還化成那個樣子。」

父親噗哧笑了一下。

「她們都是善良的孩子。」

唉呀！父親完全不曉得現在的孩子有多可怕。

「就算我人沒有在店裡，這些孩子就連一片魚板也不會自己拿來吃。她們說不能浪費食物，所以一定會吃得乾淨溜溜才離開。」

「光憑這點怎麼知道她們善不善良？」

「那妳只是聽她們講幾句話，又怎麼知道她們是什麼樣的孩子？」

我一時無話可說，於是取出一根魚板，放進嘴裡咀嚼著。我將湯舀到紙杯，吃完了之後，父親才問我為什麼跑來。

「我也不知道。」

這是事實。我並未整理好思緒，或者已經確定了某些事情，而是想來和父親商量。我就像打開被弄濕又曬乾之後變得皺巴巴的紙張般，將內心不斷反覆出現的畫面告訴父親。

「我們家不是有種蔥的花盆嗎？他看到之後露出了很溫柔的笑容。」

「妳說誰？」

「買下我們家的那位大叔，被我們欺騙的大叔。」

父親避開了我的視線，轉過頭緩緩地大力攪拌了一下辣炒年糕的醬汁。我好像應該再補充說些什麼，但喉頭被那些話弄得發癢，怎麼樣也說不出口，而我只能不停用舌頭潤濕嘴唇。

在親自見到那個男人之前，我可以很輕易地批評對方，說他是有錢人、投資客、壞人等，就算埋怨、討厭他，也不會有任何顧忌。可是和對方四目相交、打招呼和交談過後，心態卻有了轉變。他竟然看著青蔥露出了那樣的笑容，看著青蔥，而不是看著玫瑰或蘭花露出隱約微笑的人。繫著領帶，在一般公司上班，要看主管臉色，會為青春期的女兒而苦惱的平凡人。我變得無法隨便批評這個偶然了解到致富方法，一有空就靠這個方法來投資的人，無法若無其事地欺騙他。

「所以怎麼做比較好？」

「我也不清楚……總之，過去我們老是被金錢、被權勢給擺布，但現在我們卻仗恃著某樣東西在擺佈他人，這樣做好像不太對。」

就在此時，有個看起來像是小學生的男孩開門進來，將一千元鈔票推向前。

「請給我兩個皮卡丘。」

父親替堆在錫箔紙上的皮卡丘豬排塗上醬料，讓小男孩的兩隻手各拿一個。皮卡丘形狀的豬排，是用豬絞肉做成便宜豬排，再塗上放入辣椒醬和糖漿的甜辣醬。這根本算不了什麼，但我也很喜歡吃，原來最近的孩子也吃皮卡丘豬排啊！

「妳知道我們這家店的皮卡丘很有名嗎？曾經以食材好而出名。」

「是喔？為什麼？」

「因為妳每次都跑來吃啊！大家看到老闆的孩子經常吃，大概以為用了很好的材料吧！」

啊？竟然有這種誤會。我忍不住笑了。雖然站在被誤解的立場上會覺得有些莫名其妙，但站在誤會的人的立場上，這件事好像也不是太荒謬無稽。也許現在的我也誤會了某些事情，但我的想法也並非無憑無據。

「房屋合約違約、取消搬家都是非常複雜的事，沒有話說得那麼簡單，也會遭受很大的損失。不過，還是再考慮一下吧！」

我在沒有任何結論的狀態下走出店面，然後突然想起了某首歌的旋律，雖然我怎樣都想不起歌詞，但倒是清楚記得內容很悲傷。我一邊哼著不知名的悲傷歌曲，一邊爬上了坡路。

那天晚上，我們緊急召開了類似家庭會議的玩意。一家三口圍繞著一盤橘子坐著，但誰也沒有拿起橘子剝來吃。我變得超級緊張，結結巴巴地反覆說著在父親的店裡說過的話，而從頭到尾靜靜聆聽的媽則是看著父親問：

「合約都簽好了，合約金也收了，要是現在想要翻盤的話，就要付違約金之類的。你老實說，這件事可以毀約嗎？」

「我們沒有必要先提起毀約，應該說，我們現在才聽說各種消息，我們也不確定，請對方自行判斷。」

媽用食指指尖不斷摳著房間的地板貼皮，導致地板變得凹凸不平，接著又將貼皮壓平。現在就只等媽做決定了。在家裡做出重大決定時，父親會平心靜氣地把該說的話說完，而我也不會坐視不管，但很奇怪的是，最後我們都會聽從媽的判斷。我開始練體操時是如此，店面要改變營業項目或更換地點時是如此，家裡進行好幾次維修和改造工程時也是如此。當然，媽做的決定並不總是正確，好比說體操這件事，體操這件事，還有體操這件事……

時間好像不是以一定的節奏在流逝，它先暫時停止，等到媽眨了眨眼，就突然滴答滴答地慌張流逝。如果父親嘆了一口長長的氣，時間又會變得慢吞吞的，直到令人喘息不過來。總之提出問題的人是我，所以我想盡快結束這場寂靜，也沒人叫我開口，我就兀自說了一段類似最後辯論的話。

「我們就算過得再窮，過去也沒有做任何壞事，很認真地過活，一家三口不是也沒有餓過肚子，生活得好好的嗎？想靠這間老舊房子就想改變自己的命運，這樣太沒出息了，這和我們嘴上罵的那些人不是一樣嗎？」

媽抬起頭對上我的眼神，轉頭看了一下父親，最後終於，緩緩地開了口。

「笑死人了。」

嗯？媽？

「看著青蔥露出微笑又怎麼樣？這是什麼鬼話？就像妳說的，我們過去不做任何壞事，很用心地過活，但之所以只能住在這種破房子，都是因為那些投資客。他們是惡劣到不行的人，假裝善良，假裝有禮貌，但該算計的都會算計。像我們這樣的人不能一直被欺壓，要讓他們見識一下，如果蚯蚓被踩到了也會掙扎的，以大醬還大醬，以大便還大便！」

是「以牙還牙，以眼還眼」吧！算了，總之，因為媽斬釘截鐵的決定，接下來的買賣程序、店面整理都以馬力十足的速度處理完畢。

冬天冷不防地來襲，每天溫度計的水銀柱不斷往下墜，而我們搬家的那一天，是整個冬季溫度最低的日子。瓦斯技工大叔一大早跑來關掉瓦斯之後，我開始有了

「真的要離開這個家了」的真實感。

我極力主張要找搬家公司，但父親只叫來了一輛寒酸的小貨車。怎麼說也是累積了三十多年的家當，用小貨車怎麼裝得下？沒想到行李很輕便，大型行李就只有主臥室的兩組櫥櫃和我房間的收納櫃，感覺會在搬運時斷裂的主臥室化妝檯和我從小學開始使用的小木偶書桌，則是決定直接丟掉。

前一天晚上我和媽並肩坐在一起，把近五年來沒穿的衣服全部挑出來，最後有一半都要丟棄。能稱得上是行李的，就只有裝衣物的幾個箱子和一家三口的瑣碎生活用品，鍋碗瓢盆都放在廚房用品的箱子裡，冰箱、洗衣機、電視等家電都已經歷史悠久，體積也很小。

小貨車司機說好要負責開車和幫忙搬運行李，結果只淨拿些看起來很輕的箱子，所以我們一家三口必須負責搬運大型行李。身體吃了苦之後，心靈也會感到疲憊，於是我們好幾次提高音量。

「喂！不要往那邊拉，這樣會倒掉！」

「一起搬好不好！不要只伸手不出力！」

「還不用力推？欸，是沒吃飯喔？」

很少大聲講話的父親也忍不住放聲大喊。所以，一開始就該找搬家公司的嘛！我們家真是窮酸到骨子裡，完全不考慮品質之類的，總是無條件選擇最便宜的。就算我們中了樂透頭獎，拿到數十億，不對，就算我們每個禮拜都中頭獎，有數百億入手，我們仍會全身抖個不停，無法放寬心在外頭餐廳吃上一頓飯。真不曉得是因為貧窮才變得這副德性，又或者是用這種德性過活，才擺脫不了貧窮的生活。

雖然沒有什麼丟下後會覺得可惜的東西，但仍為了避免有遺漏的東西，最後又巡視了一次。為了搬運行李，我們穿著鞋子到處踩來踩去，在地板印上了骯髒的鞋底紋路。把所有行李都搬出來之後，這個家看起來更小了，原來我們一家三口是住在這種房子啊！我對那狹長而呈梯形的房間感覺好陌生，原來這個房間裡曾有收納櫃，有棉被放在上頭，有書桌、有椅子還有我。原來我是這麼生活，這麼成長的。

風吹得窗戶匡啷匡啷作響。

「玻璃都要被吹破了。」

父親關上了窗戶，接著又想起什麼似的，逐一關上了房門。就像我們要長時間外出時一樣，檢查並收拾好家裡的每一個角落，然後關上了門。媽則是默默地打開流理檯的櫃子，用手拂了拂地板的灰塵。直到最後鎖上大門走出來時，我也不自覺嘆了一口長長的氣。我不會懷念這裡的，在這個房子裡度過的三十多年都令人厭惡無比，沒什麼好可惜的，真的，一點都不可惜！

我們到仲介那兒收取餘款。看著青蔥露出溫柔笑容的男人，今天則是帶著和藹與充滿期待的眼神逐一和我們對上眼神、打了招呼。我無法正視著他的眼睛，男人用智慧型手機轉了餘款，父親則是借用柳大叔辦公室的電腦確認了帳戶餘額。接著，父親將印章交給了媽，那個萬惡的印章。

「蓋在這裡，這不是妳的願望嗎？盡情蓋吧！」

媽咂了一下嘴，從父親手中接下印章，用衛生紙用力擦拭表面，在印泥上按壓了幾下，接著豎直印章，用雙手用力蓋在在收據的下方，父親姓名的旁邊，力道大到紙張都快被蓋破了。接著，媽緩緩拿起印章，紙上印了父親的名字，看起來又紅又鮮明，媽一臉滿足樣。男人收下收據，輕輕揮動紙張好讓印泥變乾，並且露出了可看到上排十顆牙齒的燦爛笑容。

「您現在要搬家了吧？希望府上在新家能好事不斷！」

「啊？好的、好的。」

父親只簡短回了一句，然後就閉上了嘴巴。雖然大家都露出了笑容，但並不是因為高興，只是因為唯有笑容才能自然地讓整個情況收尾。

昨天沒有睡好，加上一大早就幹苦力活，小貨車才剛出發，我就進入了夢鄉。等到我睜開眼睛時，發現車窗外放眼望去盡是農田，之後是溫室、空地、幾個小工廠，旁邊有幾棟莫名其妙的大樓。那棟大樓，就是我們的新窩。

結束農活的農夫們正提著農具走進大樓，原來現在已經迎來了農夫也住大樓的時代啊！要把這裡稱為都市也不是，稱為農村也不是，唯一確定的，就只有轉乘一次公車能到首爾這件事。

這是一間擁有三個小房間、二十四坪的小公寓，雖然建設公司和建案名稱都是初次聽說，不過房子才剛蓋好沒幾年，看起來很乾淨。我們隨便將行李攤放在客廳，坐在箱子上頭吃著外送的炸醬麵。父親忙碌地在房仲、登記處、居民中心和管理事務所跑來跑去，而我和媽則是默默地搬運廚櫃、收納櫃，還有將衣物歸位。把行李全部整理好，再用濕抹布擦拭完畢之後，媽走到陽臺上眺望窗外。眼前就是透過小貨車窗戶看到的那幅令人無言的景象，農田、溫室、空地、工廠……

「要上哪兒去買菜啊？」

媽嘆了口氣，喃喃自語著。

「聽說五天會有一次市集。」

父親說完從別人那兒聽來的話之後，媽的嘆氣聲又更大了，但是取出鍋子、整理廚房置物架時，隨即又變得眉開眼笑。媽打開了固定式的瓦斯爐、抽油煙機，又輪流打開冷熱水，感到非常心滿意足。接著她好像突然想到什麼，跑到廁所看了一下馬桶和浴缸，然後滿面笑容地說：

「以後我要每天泡澡了。」

整理完畢後，整個家還是空蕩蕩的。雖然房子確實比之前寬敞，但原本我們就沒有什麼行李。主臥室就只有兩組櫥櫃，我的房間就只有一個收納櫃，而客廳就只有一個擱放在地板上的電視，連電視架都沒有。我靠坐在目前還沒有椅子的廚房固定式飯桌上說：

「要買好多東西。」

「哪來的錢？」

媽嗆了一句之後，馬上又接著說：

「得買一個又大又淺的煮湯鍋了。」

以往到了冬天，媽都是一邊發著抖，一邊在沒有暖氣、位於檐廊一角的小廚房裡，在沒有接上熱水的老舊流理檯上做飯煮湯。偶爾我嫌小菜不好吃或湯太鹹時，媽就會使性子說是因為太冷了。媽三不五時就說，最討厭在冬天做菜，天氣冷到直發抖，感覺都要消化不良了，還說希望可以不用做飯。過去的媽一定覺得很不幸福吧？一定覺得自己的辛苦很不值得吧？

如今世界上還有多少個天寒地凍又讓人深惡痛絕的廚房呢？媽，就算現在廚房很溫暖乾淨，熱水也嘩啦嘩啦流得很順暢，妳也不用認真做菜了，之前已經做得夠多了。

月夜的舞臺

搬到新家後，媽真的每天都泡澡，我則在新買的矮桌放上書，坐在椅子上讀小說和雜誌，聽著廣播進入夢鄉。父親坐在陽光充足的客廳鋪上月曆、剪剪指甲。儘管每天都在剪指甲，但好像仍剪不完似的，每天都會聽到喀噠喀噠聲。

沒有人在工作賺錢，再這樣下去，遲早都會餓死吧！但我們想要暫時休息一會兒，不對彼此休息這件事指手畫腳，因為我們心裡都很清楚，怠惰的時間不會維持太久，只要這段時間一過，我們只能再度跳進生活之中。

媽每天會默默地做三次飯、煮湯、做小菜，擺上餐桌。雖然種類很少，但經常變換小菜的菜色，每天也會煮不同的湯。媽哪來的錢每天煮飯呢？而且我已經有好幾個月沒給生活費了。

「媽，原來妳偷藏了很多私房錢啊？」

「吃妳的飯！」

「家裡也沒人在賺錢，怎麼能每天變換菜色？」

「因為我每天都去市場買當天最便宜的菜。」

「總之媽真了不起，多虧了媽，我們一家三口才不用餓肚子。」

這時，父親也幫腔稱讚了一句。

「媽媽就是這麼偉大。」

可是，媽的反應卻有別於父親的意圖，扔下勺子大吼：

「笑死人了，我做飯不是怕你們兩個餓死，是因為我肚子餓了。還有，我每天都按時做飯、洗衣、清掃了，你們兩個不打算賺錢回來嗎？馬妮的資遣費也用完了，兩個戶頭的定期存款也解約了，再這樣下去，我們很快就會坐吃山空。現在別再拖拖拉拉了，大家吃完早餐就給我出去，不准留在家裡。」

父親說要開始做新的生意，把先前店面的保證金緊緊握在手裡。他經常到市區的房地產熟識房仲，也去聽了幾次加盟店的說明會。我則翻遍了整個求職網站，把履歷投到所有我可以搭一次公車就能上班的公司，包括網頁設計師、物流倉庫管理人員、披薩店廚房助手、土床安裝師傅、製菓公司銷售人員……不管我有沒有相關證照，有沒有相關資歷，反正看到什麼職缺就厚著臉皮丟履歷。我不知道網頁設計師是做什麼的，也從沒見過土床長什麼樣子。雖然我只有第二種自排車駕照，但就連招募五噸卡車司機的工作也投了履歷。知道了又有什麼用？反正他們也不會挑選辦不到的人。

至於S洞，這次的公會會長也被拘留了。S洞難道是公會會長的墳墓嗎？根據父親從柳大叔那兒聽來的消息，公會會長不僅在背後收了建設公司的錢，而且偽造了某項和都更事業相關的資料，貸款了數億元用於私人用途上。聽說一切都停擺了，也許正如柳大叔所說，都更真的會化為泡沫。

大樓一直在蓋，現在也還在興建，大家都很高興現在事情總算要告一段落了，但很奇怪的是，大樓的房價一直居高不下。全稅的保證金僅次於買賣價格，支付月租的現象變得普遍，還出現了半全稅的奇怪租賃型態。

貸款的審核程序變得嚴格，住宅交易量掉了一半。房地產市場正在脫離過去我所經歷的典型情況。所以，很難說景氣正在復甦，頂多只能說是變得難以預測。如今和我同一輩的人分成了三類，沒房子的人、背負債務的人及有多金父母的人。

我們家變成了什麼樣子呢？看著青蔥露出微笑的大叔呢？還有青蔥呢？

我們把花盆留在原來的家，因為感覺小貨車一路顛簸，花盆可能會碎裂，泥土會撒出來，也因為忙著攜帶其他行李，沒心思去管它們。其實，只是想將它們放在那裡，放在原來的位置上。在這段時間內，來了一波低溫寒流，下了兩次雪，也下了好幾場雨，翠綠的蔥想必變成灰白色、枯黃了吧？原本苦澀嗆辣的香氣也都消失了吧？它們大概凍死、乾枯，或者掛掉了吧？

市區的勞務士〔註11〕辦公室聯絡我，要我去面試。好像是行政助理之類的工作，但我不太記得招募簡章上寫了什麼。打電話來的員工問了我一些面試時再問也不遲的問題，像是先前工作的年薪多少，職稱又是什麼。不知道他是否在記錄資料，電話那頭安靜了一會兒，然後他說了一句意圖不明的話：「您的資歷有十年了呢！」說完便自顧自地呵呵笑了。說起資歷，原來十年的資歷並非一無是處啊！不管目前是否正在就業，但內心多少安心了一些。

可能是面試讓我感到緊張，才凌晨我就醒了。時間剛過三點，我打算去一趟廁

〔註11〕：負責管理企業勞工業務的專職人員。

所，來到了客廳，不經意看到月光從沒有拉上窗簾的窗戶灑了下來。我從不曉得月光是如此皎潔明亮，為何霓虹燈閃爍的首爾夜晚一點都不明亮呢？我情不自禁地走到陽臺，呆呆地望著窗外，結果背後響起了咚咚的聲響。我以為是有誰醒了，於是轉過頭。

月光長長的身影映滿整個客廳，身穿有氧服、十歲的我正在跳躍，我將雙腿整齊靠攏，在原地咚咚的跳躍著。還有十一歲的我，身穿屁股上沾有血漬的白色體育服，正使勁地彎下腰桿，將手掌按壓在地面上。

在中止學習體操之後，在被公司解僱之後，在離開故鄉之後，在經歷各種半途而廢、大大小小的失敗與被拒絕無數次之後，人生依然持續著。

就像小說走向結局，就像電影結束般，人生並沒有就此停擺。我無法直接橫跨或拋下眼前的漫漫歲月，只能一分一秒地盡我的本分活下來，也許往後也會如此吧！這些微不足道的態度匯集成人生，而眾多的人生則匯集成整個世界。

真摯的表情與毅然的眼神，儘管沒有人獲得幸福，但也沒有人垂頭喪氣。他們只是，認真地過著自己的人生。

第二屆黃山伐青年文學獎評審講評

儘管再怎麼崎嶇坎坷，即便再如何天衣無縫，小說依舊是小說。受到象徵秩序的影響，小說是唯一可以針對「被貶低為無用事物的一切」發言的形式，不管小說情節是崎嶇坎坷，抑或是天衣無縫，閱讀一篇篇的小說都是吃力不討好的工作。這是因為大部分崎嶇坎坷的小說很抑鬱、充滿了憤怒，以至於難以去辯證部分與整體之間的關係；而被設計得天衣無縫的小說即便充滿怨恨，也會用意志去抑制其憤怒。然而，閱讀小說時不是只會令人感到費勁吃力而已，同時也帶來莫大的喜悅。閱讀小說時，經常能使讀者脫胎換骨，成為真正的主體。

法國哲學家阿蘭・巴迪歐（Alain Badiou）曾比喻，使人類的存在化身為主體的事件並非「你始終相信的事物」，而是「你絕對不會相信第二次的事物」，並且要大家「去愛那些終究不會相信第二次的事物」。也許我這麼說，是太露骨地將一篇小說和巴迪歐所說的事件畫上等號，但聚精會神地閱讀一篇小說，可以說和親自體驗事件是相似的，因為每一篇作品都充滿了「你絕對不會相信第二次的事物」。因此，閱讀一篇又一篇小說，實際上是一種讓全新的「我」快速且反覆重生的過程，所以毫無顧忌地邂逅作品，經常會使一個人的命運發生不可逆轉的變化，閱讀小說就是如此令人享受又叫人害怕。閱讀一篇小說是如此，更何況是在短時間內密集閱讀無數作品呢？

參加第二屆黃山伐青年文學獎的作品一共有七十三篇，其中有些作品的絎縫技巧不佳，導致細節顯得粗劣而漏洞百出；也有些宛如「製作精美的饆子」，將現存小說中不曾見到的神聖元素編織成縝密的故事。但無論是哪一種情況，小說依舊是小說。幾乎所有作品都能帶領我們經歷實際存在於象徵秩序之外、駭人又魅惑的面貌，並帶來衝擊感。也有幾篇作品讓人深刻領悟到，原以為理當存在於韓國文學，實際上卻從未有過的作品。

經過長時間的討論，趙南柱作家的《獻給柯曼妮奇》脫穎而出，拿下「第二屆黃山伐青年文學獎」，但這部作品同樣具有關鍵性的缺點。最重要的在於既視感，粗略地來說，《獻給柯曼妮奇》是平凡人「高馬妮」的成長小說，同時也是「高馬妮一家人」的家族史小說。雖然在「高馬妮」的成長敘事與家庭史，持續在高馬妮一家人「尋找落腳處」上頭打轉，無法追趕上圍繞在都更過程的謾罵與開發資本主義的速度，但《獻給柯曼妮奇》仍具備了韓國文學史上優秀成長小說的特徵。儘管如此，《獻給柯曼妮奇》並非僅是過去小說的翻版。

雖然成長小說的大框架與過去並無不同，但填滿大框架的內部細節相當具有魅力且創新。尤其是生性善良，怎麼樣也無法追趕上世界的速度與算計的母親，還有同樣因為生性善良，以致逐步走向社會底層，但同時又竭力想守護「自尊」與「良心」的父親形象，減少了這部小說讓人似曾相識的既視感。

此外，它在描寫窮人因有錢人的手段而再三淪落的同時，仍平息了那憤怒與抑鬱，用一貫的氛圍，具體來說，是從頭到尾維持著悲喜交加的調性，這樣的自制力也很值得讚許。為了生存而不得不順應世界的邏輯，同時又不斷的用良心這面鏡子檢視自身行為，這種落後於時代或與時代相違背的道德感，也許在「現代」這一列失控並朝著悲劇結局加速前進的火車上，顯得很微不足道，但它卻帶領我們回歸被忘卻的人類本質。應該說它在這個由有錢人支配的世界裡，展現出窮人的力量嗎？又或者說，它在這個由惡魔般的算計所支配的世界中，反過來提出善的必要性與必然性呢？

一言以蔽之，《獻給柯曼妮奇》悄悄踏入了已達飽和狀態、很難再寫出更多作品或推陳出新的成長小說殿堂，就這一點來看，它稱得上是一部「相信善終能勝利」的作品。

《獻給柯曼妮奇》以對於善的絕對信任來戰勝這個由有錢人的膚淺算計所支配的世界，並冷靜地以悲喜交加的調性來調節其憤怒與信念，因此我們將第二屆黃山伐年文學獎的榮耀獻給了這部作品。因為我們判斷，小說最重要的不在於憤怒，而在於能使憤怒昇華的力量。

期待得主和其他參加者的下一部作品，我們會拭目以待。

朴範信、金仁淑、李起昊、劉保善（代表執筆）

獻給柯曼妮奇 고마네치를 위하여

作　　者／趙南柱（조남주）
譯　　者／簡郁璇
美術編輯／孤獨船長工作室
責任編輯／許典春・簡心怡
企畫選書人／賈俊國

總　編　輯／賈俊國
副總編輯／蘇士尹
編　　輯／高懿萩
行銷企畫／張莉滎・廖可筠・蕭羽猜

發　行　人／何飛鵬
法律顧問／元禾法律事務所王子文律師
出　　版／布克文化出版事業部
臺北市中山區民生東路二段 141 號 8 樓
電話：(02)2500-7008 傳真：(02)2502-7676
Email：sbooker.service@cite.com.tw
發　　行／英屬蓋曼群島商家庭傳媒股份有限公司城邦分公司
臺北市中山區民生東路二段 141 號 2 樓
書虫客服服務專線：(02)2500-7718；2500-7719
24 小時傳真專線：(02)2500-1990；2500-1991
劃撥帳號：19863813；戶名：書虫股份有限公司
讀者服務信箱：service@readingclub.com.tw
香港發行所／城邦（香港）出版集團有限公司
香港灣仔駱克道 193 號東超商業中心 1 樓
電話：+852-2508-6231 傳真：+852-2578-9337
Email：hkcite@biznetvigator.com
馬新發行所／城邦（馬新）出版集團 Cité (M) Sdn. Bhd.
41, Jalan Radin Anum, Bandar Baru Sri Petaling,
57000 Kuala Lumpur, Malaysia
電話：+603-9057-8822 傳真：+603-9057-6622
Email：cite@cite.com.my
印　　刷／卡樂彩色製版印刷有限公司
初　　版／2019 年 8 月
售　　價／300 元
ＩＳＢＮ／978-957-9699-93-8

This complex Chinese characters edition was published by Sbooker publications in 2018 by arrangement with Eun Haeng NaMu Publishing Co., Ltd. through Imprima Korea & LEE's Literary Agency. This book is published with the support of the Literature Translation Institute of Korea (LTI Korea).

城邦讀書花園 www.cite.com.tw　布克文化 WWW.SBOOKER.COM.TW